貓頭鷹說故事

溫小平◎著　蔡錦文◎圖

自序

我曾經住在山林
貓頭鷹陪我長大

◎溫小平

只要到過我書房的人，參觀我櫥櫃裡的幾百隻貓頭鷹，都會問我：「你為什麼喜歡蒐集貓頭鷹？」

因為小時候我住在山上，往往讀書到很晚，家人都睡了，河對岸的鄰居也陸續熄了燈，只剩下一座座黑幽幽的山在我臥室的窗外矗立著。

寫功課累了，在寂靜的夜裡，突然，一聲聲鳥叫傳來，原來是夜裡才開始活動的貓頭鷹，「嗚嗚嗚」的叫著，好像告訴我，不要害怕，他們也沒睡，他們會陪我。

於是，無論讀到多深的夜晚，彷彿有人陪讀一般，我不覺得孤單，也不會恐懼夜的黑。

再長大一些，颱風吹落了一個貓頭鷹的窩巢，毛未長全的幾隻小貓頭鷹落在我家陽台，貓頭鷹媽媽徘徊兩圈後，扔下了乾枯的蟬屍體，就離開了，我只好收養了他們。可是，因為沒有經驗，加上他們是野生的，最後，只倖存了一隻。

我餵養他、照顧他，幫他取了名字「小鷹」，每天下班回家，遠遠的叫著他的名字，意外發現，貓頭鷹竟然聽得懂我的呼喚，「嗚嗚嗚」的回應我。而且一點不凶悍，也不詭異，甚至覺得毛茸茸的他好可愛。

只是，又一場颱風帶走了他脆弱的小生命，讓我悵然若失。

為了紀念他，我買了一隻酷似他模樣的陶土製貓頭鷹，從此，開始了我的收藏。

　　貓頭鷹的數量越來越多之後，朋友發現了、媒體發現了，接受採訪之餘，我不斷回答、不斷回憶關於貓頭鷹的點點滴滴。為了跟更廣大的人群分享，索性，我在「溫小平的溫暖小屋」部落格裡，登了許多篇貓頭鷹的故事，還有，我心愛貓頭鷹的照片。

　　一段時日後，引起了許多貓頭鷹同好的回響。

　　可是，有一件事始終牽掛著我，這些貓頭鷹雖然陪伴我長大，他們是我的朋友，只是收藏他們，似乎還不夠。如果有一天我離開世界，或是，我的收藏散居四處、流落他鄉，就沒有人知道這些貓頭鷹的故事，以及他們曾經給我的愛。

　　當我決定不再盲目蒐集貓頭鷹，而以手藝作品為主時，我也做了另一項決定，幫我親愛的貓頭鷹們寫故事。

　　但是，我手邊的資料不夠啊！我對貓頭鷹的研究不深啊！怎麼寫？不會寫得太離譜，又不致太枯燥。

　　剛好我訪問了《貓頭鷹圖鑑》的作者蔡錦文先生，透過他書中針對全世界兩百多種貓頭鷹的描述，激發我的靈感。於是，有了「夢森林」一連串故事的誕生，這座森林，彷彿我童年的森林，大小貓頭鷹們，則是我想像中的朋友。

　　他們的種類不同，他們的羽毛顏色不同，他們的生活習性不同，但是，卻住在同一座森林裡，也許不合乎大自然的定規，但那畢竟是我的夢想，讓貓頭鷹們回歸伊甸園的祥和美好，在那裡，沒有恐懼悲傷，只有快樂與幸福。

　　希望，你也能擁有一座自己的森林，訴說屬於你的夢，夢裡有調皮猴、有暴牙松鼠、有膽小豹……。

CONTENTS

有一座森林，住了一群貓頭鷹

　　有一座森林，長滿了高大的樹木，當白天太陽升起，必須很努力很努力才勉強照進一點光，所以，遠遠觀望這座森林，好像一個隱約的夢境，看不清楚裡面藏著什麼祕密。

　　附近村莊曾經有人好奇的走進森林探險，卻怎麼也走不出來，彷彿在夢境裡迷了路，找不到回家的方向。於是，大家都跟這座森林保持距離，而且為他取了一個名字叫作「夢森林」。

夢森林的白天，靜悄悄的，好像森林裡所
有的生物都在睡覺。除了風偶爾飄過，帶來樹
葉沙沙的聲音，一陣又一陣，吹奏著催眠曲。

　　當陽光隱沒，大地開始靜默，夢森林卻騷
動著。

　　原來，夢森林裡，住了許多
來自世界各地的貓頭鷹。……

貓頭鷹說故事

白色羽毛

為了慶祝夏天到來，夢森林特別舉行「睡衣派對」，選拔「睡衣公主」和「睡衣王子」，參加比賽的貓頭鷹，除了睡衣漂亮，還要擁有過人的睡覺功夫。為了比賽，大白幾乎天天躲在家裡睡美容覺……

雪鴞的夢

雪鴞的夢

白色羽毛

　　這是一個熱鬧的夜晚。

　　夢森林的貓頭鷹家族，為了慶祝夏天到來，特別舉行「睡衣派對」，選拔「睡衣公主」和「睡衣王子」，參加比賽的貓頭鷹，除了睡衣漂亮，還要擁有過人的睡覺功夫。

　　貓頭鷹參賽者都停在樹枝上等待結果，全族身材最壯碩的族長雕鴞從闊葉樹的凹洞「刷！」的飛到樹幹上，逐一宣布入圍名單：倉鴞家、栗鴞家、角鴞家、林鴞家、雪鴞家、笑鴞家……，接著，響起一陣歡呼聲。

　　落選的眼鏡鴞忍不住埋怨，「冠軍一定是雪鴞家，他們生下來就那麼白，我們怎麼跟他比？」

　　「我就覺得你們家的羽毛好漂亮，大概是這次參加比賽的眼鏡鴞，起床時，忘了把眼睛旁邊的眼屎擦乾淨，影響了得分。」同樣落選的鷹鴞安慰他。

　　決賽時，除了現場表演展翅高飛、單腳獨立、倒掛金鉤

……之外，還要參考評審團一個月的觀察與紀錄。

最後，雪鴉家以最高分贏得「睡衣王子」頭銜，栗鴉家以次高分獲得「睡衣公主」榮譽，熱烈的掌聲夾雜著嘆息聲。

雪鴉家的代表大白上台領獎，主持人訪問他，「請問你如何保持這一身的羽毛那麼漂亮？」

「因為我每天都睡十二小時的美容覺。」雪鴉高高抬起頭，透露了祕訣。

為了比賽，大白幾乎天天躲在家裡睡覺。得獎以後，大白因為睡懶覺睡成了習慣，整個人懶懶散散，晚上不想起床，白天什麼事也不願意做，「我要睡美容覺，我要保持我的頭銜。」

半個多月以後的一天晚上，當大白起床想去夢河洗澡時，發現自己的羽毛掉了兩根，起初他以為自己是換毛，沒有在意。可是，掉毛情況一天比一天嚴重，他才開始緊張，到處掩飾自己，就怕被人發現，會沒收他的皇冠。

　　他悄悄翻閱貓頭鷹圖書館的資料，想要找出自己掉毛的原因，缺乏陽光、沒有洗澡、運動不足……，天哪！那正是他最近的生活寫照。

　　他決定趁著天亮以後，貓頭鷹家族都在睡覺的時候，悄悄離開夢森林，想辦法治好自己的皮膚病，等到羽毛長好以後，再回來。

　　他留下一封簡單的信給爸媽，說他要去冒險，就離開他從小生長的夢森林。

　　因為羽毛變少，太陽又大，不習慣白天活動的大白，飛不了多遠，就覺得好疲倦，眼睛慢慢閉上，恍惚看到下方有一個水池，他擔心自己會掉在水裡淹死，努力揮動翅膀，卻無能為力，直直往下墜落。

　　大白的運氣還算不錯，落地時，半個身體在水裡，半個身體在地面，奄奄一息。有一隻黃狗恰好走過，嗅了嗅他，用腳爪碰了碰他，又用舌頭舔他。迷糊間，大白張開眼看到眼前的黃狗，嚇得發抖，以為他要吃掉他，黃狗卻好心問

他，「你怎麼會掉在水裡？」

大白雖然昏迷，卻還記得爸媽曾經告誡再三，不能說出夢森林的祕密，否則他們的家就會毀了。只好編了一個小謊，「我生病了，身上的毛一直脫落，就被家人拋棄了。」

黃狗的眼睛溼溼的，「你跟我一樣不幸。我也曾經掉毛過，後來被主人拋棄，無意中聽別人說起，有一處山泉可以治病，我費盡千辛萬苦找到那處山泉，洗了一個多月，毛才漸漸長出來，你也可以去試試看。」

大白很怕黃狗騙他，可是，繼之一想，黃狗真要吃掉他，輕而易舉，何必浪費這麼多唇舌。「但是，我怕自己沒有力氣飛到那裡。」

「沒關係，你趴在我的背上，我載你去。」

黃狗跑啊跑的，很快到了那處山泉，把全身羽毛幾乎掉光的大白輕輕放下來，提醒他，「你要多洗幾次，洗完以後還要曬太陽，才能長出新的羽毛。」

黃狗知道大白體弱多病，夜晚時，背他躲到樹洞裡，幫

他找到小蜘蛛、金龜子……給大白當餐點，讓他恢復體力。

　　為了擔心羽毛變色，天天睡美容覺、不敢曬太陽的大白，現在天天曬太陽，晚上則認真的捕捉小蟲，跟黃狗說他格陵蘭家鄉的故事。希望有一天黃狗能看到他全身披著雪白的羽毛。

　　果然，過了幾天，他的新羽毛冒出來，越來越多、越來越長，比以前更漂亮更白，飛行功力也慢慢恢復。他心裡一方面覺得很高興，一方面卻很難過，他知道，跟黃狗分手的日子也到了。

　　在當初相遇的池塘說了再見，大白從黃狗背上飛向枝頭時，飄下了一根白色羽毛，上面寫著：「我會永遠記得你溫暖的背。」

　　黃狗對著大白遠去的身影大叫，「記得不要再貪睡了！」

雪鴞 悄悄話

　　我渾身的羽毛都是白色，在貓頭鷹家族中很另類喔！因為我大都住在北半球寒冷的地方，在白雪皚皚之中，這是很好的保護色。只不過，雪鴞妹妹的黑色斑點比較多。

貓頭鷹說故事

小亮的眼淚

小亮從出生就愛哭，而且是不分晝夜的哭，誰碰了他一下、少吃了一口小蟲、被樹枝勾到、鄰居打噴嚏太大聲，他都會莫名其妙亂哭一通。久而久之，沒有一家的貓頭鷹喜歡跟他玩耍……

眼鏡鴞的夢

眼鏡鴞的夢
小亮的眼淚

　　夢森林的白天是很安靜的。可是，這一陣子，大家經常在睡夢中被突來的哭聲嚇醒，擔任警戒任務的角鴞睡眼矇矓的飛出窩巢，慌張的問，「什麼事？什麼事？誰家發生了大事？」

　　銀倉鴞從樹洞探出頭來，「你不要大驚小怪，還不是眼鏡鴞他家的小亮，愛哭鬼，再這樣下去，我們把他趕出夢森林算了。」

　　沒有主見的恰可鵂鶹說，「對嘛！對嘛！我們都快被吵得精神分裂了。」

　　眼鏡鴞媽媽趕忙摀住小亮的嘴，「小聲一點，小心被鷹鴞叔叔抓去關在太陽屋裡。」

　　太陽屋一天二十四小時都是閃亮無比，關過一次的貓頭鷹，都知道眼睛被照得張不開的痛苦滋味，可是，小亮並沒有被嚇到，張大嘴繼續哭，「可是……可是……我看到夢森

林淹大水，所有的樹都不見了，爸爸被被水沖走了，姊姊站在樹枝上面喊救命，媽媽，我好怕我好怕。」

「你那是作夢，不是真的。你再哭，夢森林才會被你的眼淚淹掉呢！」媽媽一邊擦去他的眼淚，一邊安慰他。

眼鏡鴞爸爸搖搖頭，「我們家怎麼會生出你這麼一個愛哭鬼，除了哭，你還會什麼？虧你還是個男生呢！以後看哪個女生願意跟你結婚？」

「我不要結婚，我要永遠跟媽媽在一起！」小亮緊緊摟住媽媽的脖子又開始哭了。媽媽只好把他抱在懷裡，不停拍撫他。

所有的貓頭鷹幾乎都討厭小亮，擔心他哭得太大聲，會引來壞人闖入夢森林。媽媽有時候也覺得很煩，頭都被他哭大了，可是，小亮是她的孩子，她不幫助他除掉愛哭的毛病，誰還願意伸出援手？

難道真的是受到胎教的影響？

當眼鏡鴞媽媽懷孕的時候，眼鏡鴞爸爸離開森林覓食，

不小心被壞人抓走了，她擔心得每天哭，直到生下蛋來。孵蛋期間，眼鏡鴉爸爸才逃出壞人的鳥籠。可是，為什麼同時孵出來的小光，卻那麼勇敢、愛冒險，一點不用她擔心？

小亮從出生就愛哭，而且是不分晝夜的哭，誰碰了他一下、少吃了一口小蟲、被樹枝勾到、羽毛沾到泥巴、鄰居打噴嚏太大聲、風颳得太厲害⋯⋯，他都會莫名其妙亂哭一通。

久而久之，沒有一家的貓頭鷹喜歡跟他玩耍，連他的姊姊也離他遠遠的，不承認有他這個愛哭的弟弟。

只有同樣沒什麼朋友的鬼鴉偶爾還會來找他，鬼鴉常常說，「我們是患難之交，沒有人理我們，我們要讓他們刮目相看。」

「可是，」小亮揉揉眼，卻覺得眼前有些模糊，「我的視力越來越差，怎麼讓人家刮目相看？」

「你大概是哭得太多了，你不能再這樣哭了，不然，我們怎麼一起去外面闖出天下？」

可是，不管小亮如何壓抑，當角鴞突然從他家門前飛過，他嚇得哇哇大叫，又開始鬼哭神號，正在孵蛋的鷹鴞媽媽從窩裡跌出來，鷹鴞爸爸飛過來大聲抗議，「把小亮抓起來，把小亮抓起來，我快受不了了。」

鬼鴞為了跟小亮劃清界限，嚇得連忙飛走，免得受到牽連。從此以後，小亮連唯一的朋友也失去了。

眼鏡鴞媽媽朝夕為小亮操心，傷心得吃不下飯，她跟眼鏡鴞爸爸說，「再這樣下去，我怕我也保護不了他了。」

因為這個緣故，媽媽終於病倒了，擔任醫生的灰林鴞開了幾副藥給她，還是不見起色。

小亮守在媽媽身邊，一步也不敢離開，媽媽握著他的手，虛弱的說，「小亮，媽媽可能不行了，媽媽最擔心的就是你，像你這樣愛哭，以後誰來照顧你？如果離開夢森林，你一定活不了。」

「媽媽，你不會死的，我答應你不哭，我以後都不哭了，你是不是可以趕快好起來？」

媽媽嘆了一口氣，「你聽媽媽說，如果你不想做愛哭鬼，你就要在每一次想哭的時候，問問自己，我為什麼要哭？流眼淚可以解決問題嗎？我有沒有其他方法解決問題呢？」

小亮用力點頭，眼眶含著淚，「媽媽，你放心，我會努力學的。」想到媽媽病得這麼嚴重，還為他擔心，小亮好像突然醒悟過來，決定要做一件讓媽媽開心的事。

當小亮這麼決定以後，他每天睡覺以前就跟上帝禱告，求上帝賜給他一顆勇敢的心，只要媽媽恢復健康，他再也不亂哭了。

姊姊嘲笑他根本做不到時，他就想，如果流眼淚，姊姊只會嘲笑得更大聲，所以，他決定不哭。當他忍住了第一次的淚水，說也奇怪，他就忍住了第二次的淚水……。

夢森林安靜了兩天，沒有聽到小亮的哭聲，大家都很好奇，角鴞以為小亮是不是也生病了，特別到他家探視。沒想到，他卻看到眼鏡鴞媽媽坐了起來，正在跟小亮說故事，小

亮笑得好開心。

　　角鴞急急忙忙飛出去，興奮的喊著，「你們猜，什麼事？什麼事？眼鏡鴞家發生了大事。」

眼鏡鴞 悄悄話

　　我的眼睛周圍有一道弧形的白色眉斑，看起來好像戴了一副白框眼鏡。我喜歡住在亞熱帶及熱帶地方，所以在墨西哥、中南美洲一帶比較容易發現我。

貓頭鷹說故事

愛作夢的小斑斑

小斑斑飛出夢森林，因為一邊飛一邊想心事，不小心迷了路，正在著急怎麼找到回家的路，眼前出現一座很漂亮的花園，傳來動聽的歌聲，他不由得被吸引了進去……。

斑點鴞的夢

斑點鴞的夢

愛作夢的小斑斑

　　斑點鴞小斑斑是夢森林出名的「愛夢族」，他作的夢可以編成一齣「貓頭鷹白日夢偶像劇」。誰要打擾他作夢，就會被處罰聽他說「夢話」。

　　小斑斑非常愛現，很多貓頭鷹都受不了他，他最常說的話就是，「看看你們嘛，一個個長得像樹皮、枯葉，除了棕色還是棕色，不像我，全身都是圓圓的斑點，說有多美就有多美。」

　　「哼！臭美！」角鴞躲在角落輕輕說。

　　「什麼臭美？有夢最美，對不對？」小斑斑圓眼一瞪，對著眼鏡鴞說。

　　眼鏡鴞不想得罪人，立刻點頭，「對對對！你說的都對！」

　　「那你要不要聽我說我昨天夢到什麼？」小斑斑不等眼鏡鴞回答，就開始說他的精采白日夢「神祕花園篇」。

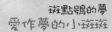

小斑斑有一天飛出夢森林，因為一邊飛一邊想心事，不小心迷了路，正在著急怎麼找到回家的路，眼前出現一座很漂亮的花園，傳來動聽的歌聲，他不由得被吸引了進去。

進入神祕花園，小斑斑眼睛一亮，這簡直就是斑點鴞的樂園，花園裡到處都是肥碩的飛鼠在樹幹上玩耍，還有各種顏色的鳥在枝頭跳躍，旁邊的岩洞裡不時有蝙蝠的身影出現……，哇！這都是斑點鴞平常最喜歡的「食物」，他的口水都快要流下來了，猶豫不決著，到底要先獵捕哪一種小動物呢？

就在這時候，飛鼠、小鳥、蝙蝠都看到小斑斑了，可是，他們一點都不害怕，也沒嚇得躲起來，彷彿看穿小斑斑的心意，反而對著他咧嘴大笑，不停喊著：

「你來吃我們啊！你來吃啊！撐死你，撐死你。」

聲音越來越大，大到小斑斑的耳朵都快要炸掉，連一隻飛鼠都來不及抓，就匆匆飛走了。臨走，他回頭看了一眼這座神祕花園，想要記住他的位置。

　　鬼鴞聽得正入神，連忙問他，「你為什麼要記住這座花園呢？你不怕他們把你吃掉？」

　　「怕什麼？」小斑斑挺起胸膛，「我會召集所有的斑點鴞，一起飛到神祕花園裡去，把他們吃得一隻不剩。」

　　「啊？好殘暴喔！趕盡殺絕不好呢！夠吃就好了。」小鵂鶹微微發抖。

　　「那後來呢？」角鴞明知小斑斑在吹牛，忍不住問。

　　那就是精采白日夢「辣妹與美女篇」。

　　因為被神祕花園裡的飛鼠們嚇到了，小斑斑回家以後，常常作惡夢，不小心從窩裡掉了出來，扭傷了腳，哪裡也不能去。

　　夢森林裡面少了美麗的斑點鴞穿梭，大家都覺得很寂寞，日子也變得枯燥乏味。於是，夢森林的美女辣妹們，彼此相約去探視小斑斑，希望他早日康復。

　　有的帶了鮮花，有的帶了飛鼠乾，也有的帶了新鮮的小鳥屍體，小斑斑高興極了，不曉得要接受誰的禮物。

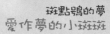

　　聽說小斑斑的窩裡很熱，大家爭相用姑婆芋的大葉子幫他扇涼，倉鶇擠到他身邊說，「你趕快吃我送你的飛鼠乾嘛，這是附近最有名的太陽牌飛鼠乾呢，我排隊排了三小時才買到的。」

　　「你還是先吃我的什錦毛蟲，他們會讓你的羽毛斑點更鮮豔。」栗鶇也急忙推銷自己的禮物。

　　「好好好，我都吃。」小斑斑剛要拿起飛鼠乾，外面嘩啦啦下起雨來，角鶇大喊，「暴風雨要來了，大家趕快回家躲避，暴風雨要來了，大家趕快回家躲避。」

　　於是，小斑斑的白日夢又破碎了。

　　可是，沒有關係，小斑斑不是那麼容易退卻，當暴風雨過去，他又開始編織美麗的白日夢「小斑斑大戰大禿鷹篇」。

　　這一次，他搖身一變為夢森林的禁衛隊，專門保護夢森林的稀有動物，他的脖子上掛了象徵榮譽與權力的彩環，每個人看到他，都要必恭必敬的說，「斑斑大師好，斑斑大師

好好！斑斑大師好好好！」

　　他神氣的四處巡邏，就在這時，瞭望台發出警告聲，有敵人來襲，原來是大禿鷹又來尋貓頭鷹開心了。

　　再這樣下去，大家如何安居樂業，天天都要提心弔膽。

　　於是，小斑斑振翅高飛，跟大禿鷹展開最激烈的戰鬥，雙方的羽毛一根根飄落，大禿鷹受不了小斑斑一波波的攻擊，敗下陣來，夢森林傳出如雷一般的歡呼聲。

　　此時，失去許多羽毛的小斑斑卻再也飛不起來，朝著地面直直落下，他輕輕閉上眼睛，心想，這一次他大概死定了。

　　他不想死呢！他還有許多夢沒有完成呢！他還要繼續編織許多的夢境呢！

　　沒想到，他卻掉在長了茂密樹葉的大樹上，好像被媽媽抱在懷裡，那麼溫柔，他大叫了一聲「媽！」

　　眼鏡鴞被他嚇了一跳，拍了他一下，「拜託你，小斑斑哥哥，你說故事也不要亂叫嚇人！我要回家寫功課了，我媽

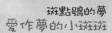

媽說，只會作夢，卻沒有行動，是不夠的。」

　　眼鏡鴞走了，其他的貓頭鷹也早就走得一隻不剩，只有小斑斑獨自站在樹幹上，癡癡望著天空，不知道應該停留在哪一個夢境裡最美？

斑點鴞 悄悄話

　　我是有點小怪癖，只吃住在樹上的小動物，例如飛鼠。我也很環保，別的鳥的窩巢我照住不誤。我雖然很漂亮，但是很害羞。最美的斑點鴞住在美國、墨西哥一帶的森林裡。

貓頭鷹

說故事

大頭呆，並不呆

颱風颳起來了，夢森林的大小樹木搖晃得非常厲害，太陽屋因為蓋在很高的樹枝上，風特別大，不斷發出碎裂的聲音，猛鷹鴞小威嚇得拚命發抖，不知道外面發生了什麼事……。

猛鷹鴞的夢

猛鷹鴞的夢
大頭呆・並不呆

　　夢森林裡面雖然住著來自地球各地的貓頭鷹，但是他們都能適應良好，找到適合自己的巢穴，住得很開心，不必擔心遭遇人類的捕殺。久而久之，他們培養了很強大的凝聚力。

　　可是，在一起相處久了，難免還是會有摩擦，尤其是正在發育成長的小貓頭鷹，因為思想行為不夠成熟，隔一陣子就會吵架，甚至打架，讓父母很頭痛。

　　猛鷹鴞家的小威，孵出來的時候就是一個巨嬰，而且越長越大，身長快要五十公分，體重差不多接近一公斤，可說是夢森林中的巨人，只要他飛出窩巢，站在高高的樹上，所有的小貓頭鷹就亂飛亂撞，四處逃避，擔心被他欺負。

　　大家逃了幾次，才發現小威只是高高站在樹上，並沒有攻擊他們的意思，銀倉鴞帶頭開始嘲笑他，「大頭呆，大頭呆，頭大大，腦呆呆！」其他小貓頭鷹也跟著唱。

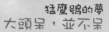

　　小威氣得揮動翅膀，小貓頭鷹連忙躲進自己的家，小威嘆了一口氣，自言自語，「我的高大是遺傳的，為什麼要嘲笑我？我好想交朋友，為什麼都沒有人理我？」

　　他暗地裡喜歡曾經贏得「睡衣公主」的栗鴞，花了很多時間寫了一封他自己看了都感動的情書給她，沒想到，栗鴞卻把情書貼在布告欄，旁邊加了一行字，「巨鷹巨鷹，你是大鷹，栗鴞栗鴞，我是小鷹，小鷹怕被大鷹一爪捏死，不敢接受大鷹的好心。」

　　小威默默撕下布告欄上的情書，垂頭喪氣的飛回家去，媽媽關心的問他，「有沒有找到朋友啊？」

　　小威搖搖頭，「媽媽，你跟爸爸結婚，怕不怕被他捏死踩死壓死？」

　　「不會啊！」媽媽搖搖頭，「你爸爸很愛我，我也很需要他的保護啊！」

　　「可是，我不想長得那麼高，灰林鴞叔叔說，有一種『縮骨水』，聽說可以讓我變得小一號。我要去找『縮骨

水』。」

　　爸爸剛好進門，大聲喝斥他，「你不要發神經了，找什麼縮骨水，我們猛鷹鴞本來就長得比較高大，你要學習接受自己，你才會快樂。」

　　「我沒有朋友，每個人都怕我、討厭我，我不要接受這樣的自己。」小威也很生氣的回嘴，爸爸氣得把他送去警戒室——太陽屋，「跟爸爸說話這麼沒禮貌，你在裡面自己好好反省。」

　　關了一陣子，因為光線太強烈太刺眼，再加上肚子餓，小威受不了，拚命大叫，「我錯了，放我出去，我不要關在裡面。」

　　可是，喊到喉嚨都啞了，也沒有人放他出去。因為剛剛傳來警報，有史以來最大的颱風，即將侵襲夢森林，每一家都急忙搬到安全的地方，或是把珍貴的物品藏起來，躲避颱風的來襲。

　　颱風颳起來了，夢森林的大小樹木搖晃得非常厲害，太

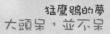

陽屋因為蓋在很高的樹枝上，風特別大，不斷發出碎裂的聲音，小威嚇得拚命發抖，不知道外面發生了什麼事。

終於，太陽屋的一片牆壁被吹垮了，小威看到外面晃動的樹木，嚇得揮動翅膀，往下一看，殘枝落葉到處都是，好多樹木都倒了，太陽屋也一片片剝落，搖搖欲墜，他趕緊壓低身體朝下飛，想要尋找自己的家。

就在這時候，他聽到微弱的叫聲，從樹叢裡傳出來，他遲疑了一下，風越來越大，他如果不趕緊逃走，就會死於非命。可是，那個叫聲聽起來好心酸，他告訴自己，就看一眼吧！說不定是猛鷹鴞家族的人。

循著聲音找去，撥開樹葉，他發現平常最愛嘲笑他的銀倉鴞被樹枝壓到了腳，掙脫不了。銀倉鴞看到小威，眼睛露出驚恐的神色，好怕小威一腳把他踩死。

小威看了看他，揮揮翅膀飛走了。要他救銀倉鴞，他辦不到，如果是栗鴞，還有可能。他還是去叫別人來救他吧！

沒想到，每個家庭都自顧不暇，受傷的受傷，屋子垮

得垮，住在地上穴洞裡的，則淹了大水，根本沒有人理睬小威。

小威飛去銀倉鴞的家，裡面沒有一個人，他站在晃動的枝頭嘆息，眼看著天色越來越暗，到了晚上，銀倉鴞更加危險。

於是，小威又飛回銀倉鴞跌落受傷的地方，撥開樹枝亂草，張開自己的翅膀，用身體覆蓋住他。銀倉鴞起初不明白小威的意圖，嚇得拚命掙扎，慢慢累了，在小威的溫暖懷抱中睡著了。

天亮以後，颱風漸漸平息，小威努力的把銀倉鴞腳上的樹枝移開，用兩隻大腳爪抓住銀倉鴞，把他送到灰林鴞家門口。他敲了敲門，聽到有人開門的聲音，立刻揮動翅膀躲到另一根枝頭上，知道銀倉鴞即將獲得醫生的照料，他才放心的離去。

當他回到家裡，媽媽先是驚喜，接著痛罵他，「你跑到哪裡去了？你爸爸去太陽屋找不到你，還以為你被大樹壓死

了，剛剛才去報警，要大家一起找你，你到底野到哪裡去了？」

小威沒有說話，他已經累到說不出話來，倒頭就睡，直到媽媽叫他起來幫忙打掃屋子。

經過大家的努力，夢森林慢慢恢復昔日的美麗。小貓頭鷹又一隻隻飛出來嬉戲。小威只能站在枝頭，遠遠的望著他們，看到銀倉鴞已經恢復健康，他很高興，卻不敢過去問候他。

轉身正要飛走，銀倉鴞卻叫住了他，「大頭呆，你一點也不呆，你跟我們一起玩，好不好？」

小威愣住了，這是真的嗎？他們要跟他做朋友？

猛鷹鴞 悄悄話

身強體壯的我，喜歡住在峽谷之中又高又大的樹上，當我展翅高飛，所有貓頭鷹都會看到我，挺神氣的呢！別看我身長60公分、體重1公斤多，我卻很害羞，而且我還很癡情喔！

貓頭鷹說故事

我不喜歡夜生活

避過了車潮，草鴞強強遠遠望見一棟又一棟跟夢森林的樹木般高低起伏的建築物，轉了好幾圈，剛要在一個遮雨棚落腳，就被汽車喇叭聲嚇得差點摔下來，好不容易飛到一個公園，卻有人撲上來想要抓他……。

東方草鴞的夢

東方草鴞的夢
我不喜歡夜生活

　　東方草鴞強強鑽出他家的草叢後，飛到每一家找玩伴，跟眼鏡鴞捉迷藏、跟角鴞鬥牛、跟倉鴞玩益智遊戲……，直到天快亮的時候，聽到媽媽的聲聲呼喚，他才心不甘情不願的飛回家。

　　從草叢通道進入家門，強強擺著一張臭臉，媽媽催促他快點睡覺，他也懶得理睬。媽媽的聲浪不由提高，「你到底怎麼回事？最近天天都玩到這麼晚，你有沒有把這個家當作家？」

　　強強聳聳肩，還是垮著臉，像快要融化的雪人，「我不喜歡住在草叢裡，好多小蟲咬我，還有人在我附近尿尿，臭死了。為什麼我們不能像角鴞住在樹洞裡，或是像雕鴞住在岩石上，可以望見遠遠的海。要不然像烏林鴞住在高高的枯木頂端，居高臨下，多神氣啊！只有我們家，要住在草叢裡。」

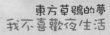

「你真是一個愛抱怨的小孩，不要囉唆了，趕快去睡覺，你生來是草鴞，就要接受自己是草鴞，如果你不喜歡，明天媽媽幫你去問角鴞他們家，看誰願意收你做乾兒子？」

每次媽媽這麼說，強強就只好閉上嘴巴。要他離開爸媽，那真的很困難，因為媽媽是夢森林裡面，排名第一的獵蟲專家，她捕捉到的各種蟲蟲，總是又肥又大，所以強強才能長得快又壯。

躺在媽媽精心鋪設的草叢裡，強強的心卻飛到夢森林外，想起角鴞晚上跟他說的話。

擔任警戒的角鴞，因為巡遊夢森林，經常聽到來自各方的消息，儼然八卦中心，他悄悄跟強強說，「我希望有一天可以到夢森林外面去探險，你知道嗎？孔雀阿姨在高樓的陽台做窩生蛋，燕子伯伯全家移民到了公寓的騎樓，人類對他們很友善，才不像爸媽他們說的，人類會撲殺我們做標本，或是把我們抓去賣掉。」

當時他就跟角鴞用腳爪互打勾勾說，「如果你要蹺家，

一定要告訴我，我也要一起去。」

　　一旁的雪鴞嗤之以鼻，「你算了，你是你們草鴞家的心肝寶貝，我聽我爸爸說，上次你叔叔被獵人抓走以後，希望都放在你家身上，可是你媽媽生的三個蛋在颱風時破了兩個，只有你一個僥倖孵了出來。」

　　強強嘆了一口氣，這就是一脈單傳的悲哀。爸爸常說，「我們家已經快要絕種了，你一定要小心保護自己，不要讓爸媽擔心。」

　　媽媽也說，「白天的陽光太強，對我們的眼睛不好，只有夢森林裡的幽暗，才能保護我們。如果你想闖出森林外，你會眼花撩亂，被外面高速公路上的車子撞死，媽媽就會傷心死。」

　　哼！爸媽只會嚇他，不把真相告訴他。他早就悄悄問過最長壽的雕鴞爺爺，「貓頭鷹只能在晚上活動嗎？」

　　雕鴞爺爺說，「其實，我們在白天的視力也很好，甚至比人類還好，只不過，到了夜晚，只要一點點光線，我們就

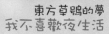

可以看得很清楚，這一點人類比不上我們，所以我們在夜晚活動比較安全。」

　　既然這樣，難道他就要一輩子關在夢森林裡，不能出去探險？如果他懂得提高警覺，在危險快要發生時立刻逃走，不就可以了嗎？

　　每天晨曦初露時，飛到樹梢悄悄望著森林外，上床睡覺後更是想得常常失眠，強強的冒險夢越來越強大。計畫了許久，他想，只是出去玩一天，只要晚上按時回來，頂多被媽媽念一頓，至少滿足了他的冒險心。於是，他決定不等角鴞他們，自己先採取行動。

　　沒想到，第一次太緊張，走過草叢的通道時摔了一跤，吵醒了媽媽，他只好摀住肚子騙媽媽說，「我晚上吃了太多蚯蚓，想要上廁所。」媽媽緊張的一直守候著他，害他無法偷溜出去。

　　第二次，則是剛剛出了他家，準備揮動翅膀，就遇見出門接生的灰林鴞叔叔，瞪了他一眼問他，「怎麼還不睡

47

覺？」他只好又縮回草叢裡。

　　第三次，他學聰明了，找了一個理由，「媽媽，暑假到了，我跟角鴞他們約好要參加雕鴞伯伯舉辦的三天兩夜『高空彈跳營』。」

　　爸媽早就聽角鴞提過，不疑有他，點頭答應了。強強就藉口要去夏令營報到，溜出家門，先飛到高高的樹幹上面，利用樹葉遮蔽，直等到森林外的天空逐漸亮起。

　　深吸一口氣，強強振翅一飛，朝向白花花的世界飛去，心跳得好快，也很緊張，興奮得東張西望，想要牢牢記住他看到的每一樣新奇東西。當然，他不敢直直望向太陽，以免視線受到影響。

　　避過了車潮，他遠遠望見一棟又一棟跟夢森林的樹木一樣高低起伏的建築物，轉了好幾圈，剛要在一個遮雨棚落腳，就被汽車喇叭聲嚇得差點摔下來，好不容易飛到一個公園樹上，卻有人撲上來想要抓他。

　　幾次嘗試之後，強強不太敢接近人群，直到黃昏的時

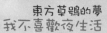

候，他的肚子餓了，可是，沿路看到的都是水泥地、柏油路，他找不到地裡的蟲子裹腹。

飛啊飛的，飛到一家人的窗台上，他們正在吃晚餐，好香的味道，讓他想起媽媽的拿手好菜，一陣頭暈眼花，不小心，跌進屋子裡。他立刻揮動翅膀，想要飛出去，沒想到，窗子卻立刻被關上了。

他嚇壞了，這是怎麼回事？他要出去。他不停亂飛，卻撞傷了翅膀，劇痛傳來，他腦中閃過媽媽訓練他逃生時說的話，「萬一不幸被抓了，千萬小心不要讓翅膀受傷，否則即使有機會逃走，你也飛不動了。」

他告訴自己要冷靜，不要再讓翅膀受傷，這時他也飛累了，停在一個櫃子上，隨即被人抓住，關進籠子裡。

這個人餵他飼料和水，強強卻沒有胃口，他開始想家。天已經黑了，想到他可能永遠看不到媽媽，眼淚就流了下來。如果媽媽發現他沒有參加夏令營，即使氣瘋了，也會哀求爸爸組成敢死隊來救他，到時候貓頭鷹家族說不定會死傷

慘重。

　　他不吃不喝，只是站在籠子的枝條上發著呆、流著淚。兩天過去了，強強越來越虛弱，縮在角落裡不想動，這個人隔著籠子用手碰碰他，「喂！你是不是死了？真倒楣，你死掉就不能賣給鳥店了。」

　　這天晚上，因為天氣悶熱，這個人打開窗子睡覺，微風吹動著強強的羽毛，他隱約聽到夢森林傳來的呼喚，勉強睜開眼睛，望見月光悄悄灑了進來，照見了回家的路。

　　強強不由勇氣百倍，挺起身軀，動了動腳，還算有力氣，走到籠門邊，學著這個人打開籠子門餵他食物的方法，用嘴把門抬起來。試了幾次，終於把門開了一半。

　　他低頭鑽出籠子，飛到窗台上，抖了抖翅膀，用盡所有力氣，朝夢森林飛去。他不敢回頭，也不願意回頭，他相信，只要跟著月亮飛，不到天亮，他就可以回到美麗的家。

　　他不要再抱怨草叢裡太潮溼，也不要怪媽媽管他太嚴厲，即使一輩子住在夢森林，他照樣可以在遼闊的森林裡，

展開他的冒險行動。

東方草鴞 悄悄話

　　我們喜歡住在台灣，只是台灣人常常捕捉我們，以至於我們被迫離鄉背井。我也屬於倉鴞，但是體型比較大，通常在茂密的草叢裡做窩，還會在草裡做出一條逃命暗道，以免被抓。

貓頭鷹說故事

咪咪的夢夢亂報

黃嘴角鴞咪咪趁著一片混亂，偷偷溜到河邊的樹林裡，躲避大
家的追逐。今夜的月色很美，她對著圓圓的月亮，吹著淒美的
口哨，如果有人聽得懂，一定知道她訴說的心事……。

黃嘴角鴞的夢

黃嘴角鴞的夢
咪咪的夢夢亂報

　　咪咪跟黃嘴角鴞的其他成員不太一樣，她的眼睛不大，而且總是一副沒有睡醒的樣子，可是，她的視力超強，夢森林的任何一點動靜，都逃不過她的眼睛。然後，立刻從她那帶點黃色的鳥嘴巴，傳遍了夢森林，甚至飄洋過海，成為動物世界最大的八卦。

　　例如誰尿床、誰被爸爸罰站、誰抓到肥美的老鼠……，都逃不過她的情報網，久而久之，貓頭鷹家族的成員遠遠見到她，好像見到獵捕他們的標本獵人，立刻飛得老遠，跟她刻意保持安全距離。

　　黃嘴角鴞媽媽每次見她闖了禍回家，就會搖頭嘆息，「咪咪啊！我看等你長大去當記者好了，你採訪的新聞一定創下收視冠軍。可是，現在你給我乖乖的待在家裡，別再出去八卦了，我們家的樹洞裡已經塞爆了告你狀的信件。」

　　「是啊！」咪咪的大哥喬喬也說話了，「你從小就愛

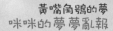

打小報告，我被你整得還不夠，害我被爸爸吊在樹上好幾次，還被關在太陽屋裡。怎麼？你還要當夢森林裡的夢夢亂報。」

「你的飛行比哥哥姊姊都好，自己也會找蟲了吃，你不是整天吵著要獨立自主，乾脆現在就搬出去，免得到時候我們家被灌水、泡湯。」一家之主的爸爸站在哥哥這一邊。

咪咪拚命搖頭，「我不要，我又沒有錯。是爸爸自己說的，做貓頭鷹，除了有智慧，還要有一顆好奇心，才不會受到歧視。媽媽也說，我們不能只顧自己的事，還要有愛心管別人的事。你們怎麼可以說了話又不承認？大人就是這樣變來變去。」

咪咪氣呼呼的轉身飛出樹洞，媽媽想要攔阻，已經來不及了。二姊咕嚕怪叫，「天哪天哪！我家的咪咪讓你們家沒有祕密啊！」

飛了一段距離，咪咪閃身鑽進她的祕密基地。她每次心情不佳時，就會躲在這個廢棄的樹洞裡，數著她捕捉的各種

小蟲，有時候按照顏色排列，有時候按照體型大小排列，排啊排的，怒氣才會漸漸消去。

待了一陣子，開始覺得無聊，她剛要飛出樹洞，看看夢森林裡有什麼新鮮事，沒想到竟然聽到領角鴞灰灰跟眼鏡鴞秦秦說，「我白天又沒有睡好，唉！恍恍惚惚的，剛剛飛出我家，就撞到了玲玲，還撞掉了她的一根羽毛。」

「那不是一個好機會嗎？你正好乘機跟她表白，說你喜歡她。」秦秦揮揮翅膀。

灰灰咕嚕兩聲，「我哪敢，她氣呼呼的罵我沒有帶眼睛啊！撞疼了她。看樣子，我要一輩子單身了。」

聽到這裡，咪咪的情報耳立刻發送消息給她的大腦，二姊說過，幫忙跟管閒事是不一樣的。這一次，她一旦完成任務，應該算是幫了灰灰的大忙，可以洗刷她過去的冤屈。

於是，她悄悄的避過他們，繞去領角鴞玲玲家，把她用樹葉寫好的情書丟進去。接著，她就聽到玲玲吹起口哨，歡天喜地的說，「我終於接到我生平第一封情書了。」

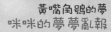

　　咪咪興高采烈的期待第二天看到灰灰跟玲玲出雙入對，然後，特地到她家謝謝她說，「我們一猜就猜到是你快遞情書，讓我們的愛情開花結果，為了答謝你，我們決定請你當我們婚禮的主持人。」

　　她被人嫌棄的命運，一定會就此改觀。

　　偏偏事與願違，咪咪在慌亂中，在樹葉情書上的署名寫的是秦秦，玲玲誤以為是秦秦暗戀她，特地送了一隻肥美的蚱蜢給秦秦吃。

　　灰灰破口大罵秦秦見色忘友，「你明明知道我喜歡玲玲，你為什麼寫信給她？」

　　「我沒有，她不是我喜歡的類型，她那麼瘦，我怎麼可能？」秦秦爭辯著。

　　一旁的玲玲聽了，臉色大變，「你什麼意思？我太瘦，你不看看你自己，醜八怪！」她氣得掉頭飛走，留下灰灰跟秦秦兩個好朋友幾乎反目成仇。

　　幸好，他們的腦袋還清醒，秦秦隨即猜到是咪咪的傑

作，尋上門興師問罪。黃嘴角鴞媽媽擋在門口，不讓他們進入樹洞，咪咪趁著一片混亂，偷偷溜到河邊的樹林裡，躲避大家的追逐。因為這裡接近人類居住的村莊，貓頭鷹家族比較少到附近活動，所以，她至少暫時是安全的。

今夜的月色很美，她對著圓圓的月亮，吹著淒美的口哨，如果有人聽得懂，一定知道她在訴說自己的心事。

她真的只是想要幫助別人，她真的沒有惡意，為什麼大家卻不了解她，罵她愛管閒事。有時候，她好希望自己變成撞到大樹變得癡癡傻傻的呆呆，什麼都不知道，就什麼都不會關心了。

這時候，河邊突然傳來有人說話的聲音，咪咪提高警覺，正想飛走，卻發現這些人行蹤可疑，他們拿著一罐罐的液體，往河裡傾倒，雖然隔了一段距離，她卻隱約嗅到奇怪的味道。

記得黃魚鴞跳跳說過，「現在河邊很難找到螃蟹、小蝦這一類的食物，我們被迫只好到附近的鱒魚養殖場吃鱒

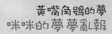

魚。」

「那不是很危險嗎？」咪咪問他。

「沒辦法啊！要活命，只好冒著危險囉！」

會不會因為跳跳去鱒魚養殖場找魚吃，人類認為侵犯了他們的勢力範圍，所以到黃魚鴞出沒的地方，放毒。

那太可怕了，咪咪渾身發抖，如果跳跳的家人吃了河裡的生物，不就會中毒死掉？跳跳是極少數支持她的朋友，她必須立刻去警告他們。

雖然她以最輕的動作鑽出樹叢，還是被耳尖的人聽到了，偌大的光束照向她，她一陣眼花，差點摔下樹枝，揮動翅膀時，一不小心，被人們的棍子敲到了身軀，她似乎感覺到自己的血流了下來。

半昏迷中，她忍著痛飛回去，但是跳跳家實在太遠了，她勉強飛到家門口，跟大哥喬喬說跳跳有危險了，快去警告他們。可是，大哥不相信，因為她過去的紀錄太壞了，爭執間，她昏了過去，嘴裡仍在不停喃喃，「為什麼沒有人相信

我？為什麼沒有人相信我？」

　　醒來的時候，她正躺在媽媽懷裡，媽媽的臉上掛著淚珠，而她的翅膀上裹了藥，她掙扎著想要坐起來，心中記掛著跳跳，脫口而出，「跳跳有危險了，跳跳有危險了。」

　　張眼卻看到跳跳的爸媽也在他們家，難道跳跳出事了？

　　令她意外的是，跳跳爸媽是代替黃魚鴞來謝謝她的。因為她昏倒以後，二姊堅持要去告訴跳跳這件事，也間接證明了河水中的確被放了毒。

　　「如果不是你冒死趕回來警告我們，可能我們現在全部都不在了。」黃魚鴞媽媽摸著咪咪的頭，「真的謝謝你，你要好好養病，我們會抓蟲子給你吃，把你養得胖胖的。」

　　咪咪忍不住笑了，這一次，她總算管閒事管對了。更讓她開心的是，玲玲終於明白灰灰喜歡她的事實，也接受了灰灰的求婚，他們倆一致同意邀請咪咪做他們的伴娘。

黃嘴角鴞 悄悄話

　　大家常把我和東方角鴞弄混，讓我頗不爽
的。幸好，我有一個特徵，很容易分辨，我的嘴
我的腳爪都是黃色的。還有人稱讚我們的叫聲很
好聽，彷彿吹著輕快的口哨。

貓頭鷹

說故事

不要逼我吃東西

圓圓生下來什麼都圓，為了減肥而節食，對她來說十分痛苦。
當媽媽餵她吃肥嘟嘟的小蟲，她的口水嚥了又嚥，卻只能別轉
頭去，讓給哥哥姊姊吃……。

領角鴞的夢

領角鴞的夢

不要逼我吃東西

　　圓圓生下來什麼都圓，當別的領角鴞寶寶還瞇著眼張大嘴吵著肚子餓的時候，她就睜大一雙閃亮的圓眼睛，東張西望。

　　在她的白頸圈上，托著一顆毛茸茸的圓頭，她的身體也是圓得像一個球，不小心就會滾出樹洞的窩巢。

　　所以每次爸爸出去覓食時，媽媽就很緊張，怕她一個不留神，圓圓就不見了。因此爸爸出門都不敢待得太久，其他的貓頭鷹看到他行色匆匆，就會問他，「領角鴞爸爸，你為什麼這麼急著趕路，進來喝杯茶吧？」

　　領角鴞爸爸總是說，「不行，不行，我要回去幫忙照顧孩子，我家圓圓太調皮了。」

　　就是這個緣故，加上左鄰右舍大力宣傳，大家很快的就知道領角鴞家有一個圓滾滾的圓圓，特地來探望她，每個人見了她都說，「這麼可愛的孩子，我也很想生一個，再調皮

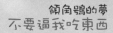

我也甘願。」

　可是，圓圓卻不喜歡別人叫她圓圓、滾滾、球球……，連哥哥姊姊都嘲笑她，「長得這麼胖，害我們擠死了。」所以哥哥姊姊都叫她「胖胖」或「肥肥」。

　哥哥還誇張的說她，「這麼胖，又這麼會吃，長大了一定找不到工作。」

　姊姊卻說，「這麼胖，沒有男生會喜歡你。」

　圓圓聽了既生氣又傷心，暗地裡決心減肥，洗刷這些「恥辱」。

　然而，對本來就愛吃的圓圓來說，為了達到減肥目的而節食，卻是一件痛苦的事。當媽媽餵她吃肥嘟嘟的小蟲，她的口水嚥了又嚥，卻只能別轉頭去，讓給哥哥姊姊吃。

　姊姊故意吃得喳喳響，說，「好好吃喔！我從來沒有吃過這麼好吃的東西。喂！『肥肥』，你肚子不餓啊？」

　圓圓搖搖頭，縮著脖子，假裝睡覺，其實她的肚子餓得咕嚕叫。她不停告訴自己，再忍耐一下，她就可以脫離「圓

圓」的行列，加入「條條」的陣容。

剛開始，因為孩子多，七嘴八舌的吵著要吃，媽媽沒有多注意圓圓的食欲不振，偶爾發現圓圓的精神不太好，很少聽到她的笑聲，問她，「怎麼？我們家可愛的圓圓，小小年紀就有心事啊？」

圓圓勉強擠出笑容說，「媽媽不要擔心我，我很好，我吃得很飽。」

過了一陣子，開始要學飛了，哥哥姊姊很快的就能在身體快要跌落時，振翅高飛，停在樹枝上，只有圓圓，軟綿綿的沒有力氣，好幾次摔向地面，都是爸爸急忙把她接住，她才沒有摔傷。

媽媽有些不悅的說，「圓圓，媽媽還以為你是飛得最好最快的一個，怎麼這麼不專心，讓媽媽很失望。」

大嘴巴姊姊說，「我知道，我知道，她愛漂亮，她在減肥。」

媽媽抬起眉頭，睜大眼睛，臉色一暗，圓圓知道，她家

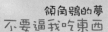

要颳起暴風了。果然，媽媽跟爸爸說，「爸爸，這件事情很嚴重，請你一起進來處理。」

坐在樹洞裡，圓圓低下頭，不敢看媽媽，媽媽見到她這個樣子，氣消了一些，降低了音量，問她，「你為什麼要減肥？擔心沒有男生喜歡你？你不要聽別人胡說八道。你看看媽媽，身材一直都是圓滾滾的，你爸爸就喜歡我的胖，對不對？爸爸！」媽媽別轉頭去撒嬌似的問爸爸。

爸爸用力點頭，「對對對！我喜歡你媽媽胖胖的。」

「況且，」媽媽繼續說，「你以為瘦就一定漂亮嗎？你要對自己有信心，不管你長得什麼樣，爸爸媽媽都愛你。如果你自己就先不喜歡自己，又有誰會喜歡你？」

可是，圓圓還是不肯聽媽媽的話，偶爾勉強吃一點老鼠肉，好像只是為了維持生命。不久後，大家不再叫她圓圓、滾滾、球球、肥肥，而是叫她條條、扁扁、樹枝……。

照說，這應該稱了她的心，可是她卻變得不快樂，因為她太虛弱，其他貓頭鷹很少找她玩耍，她只能在家裡發呆、

流眼淚、睡覺。

　　一天中午，圓圓正在睡午覺，夢森林裡突然警鈴大作，媽媽嚇得說，「是火警嗎？大家快起床喔！」

　　擔任警戒的角鴞卻四處尖叫著，「有人入侵，有人入侵！」

　　原來是夢森林外的人們計畫開墾土地，於是，正在砍河邊的樹，連挖土機也開來了，照這樣的速度，很快就會破壞貓頭鷹們的棲息地。

　　貓頭鷹們大都在睡覺，睡眼惺忪的看不清楚，有些貓頭鷹白天的視力很差，飛翔時幾乎撞在一堆，到處亂竄著，角鴞則辛苦的指揮大家朝深山裡飛去。

　　領角鴞家中更是亂成一團，因為圓圓怎麼也飛不動，眼看著情況危急，媽媽跟爸爸說，「你帶著其他孩子逃命去吧！我在家裡守著圓圓，圓圓如果有什麼意外，我也活不下去了。」

　　在樹洞裡的圓圓不停發著抖，哭泣著說，「媽媽，對不

起。」

　　爸爸雖然無奈，可是他也捨不得媽媽，急忙飛出去拜託體型碩大的猛鷹鴞來幫忙載圓圓。

　　正在緊要關頭，又是一陣吵雜聲傳來，猛鷹鴞說，「應該暫時不用逃走了，想要闖入夢森林的挖土機，被一群環保人士攔了下來，堅決反對他們破壞夢森林。」

　　圓圓依然啜泣著，不但是她幾乎要失去生命，她也差點害了媽媽，她覺得很羞愧，只能繼續說著，「媽媽，對不起！」

　　這時候，哥哥姊姊也陸續回來了，折騰了好一陣子，大家也累了、餓了，當爸爸抓了一隻灰色的老鼠回來，圓圓把嘴張得大大的……。

領角鴞 悄悄話

　　我有兩種顏色，住在喜馬拉雅山東邊的棕灰色及中國南部的紅褐色，台灣也可以看到我們的蹤跡。當我站在樹上一動也不動時，好像一截突出的樹枝，因此可以掩飾我們的行蹤。

貓頭鷹說故事

黑爺爺的101夜

黑爺爺每晚說故事，說的是他的嘔心瀝血，是他一生的寫照，
也是他對小小貓頭鷹們的祝福，自然十分消耗體力。他一天比
一天虛弱，終於病倒在石洞裡⋯⋯。

烏倉鴞的夢

烏倉鴞的夢
黑爺爺的101夜

　　黑爺爺年輕時，是夢森林風雲榜上的常客，老少三代貓頭鷹幾乎都聽過他的名號，他最被津津樂道的是他說故事的本領，不但讓他追到了夢森林之花——花兒，還連續蟬聯了十二屆的說故事冠軍，到現在還沒有貓頭鷹可以打破他的紀錄。

　　尤其是他的笑聲，既爽朗又嘹亮，可以傳遍整個夢森林。據說有一次村民大舉入侵捕捉貓頭鷹，就是被他的笑聲嚇退的，從此以後，沒有人再敢貿然闖進夢森林。

　　可是，自從他甜蜜恩愛的妻子陸續生下壞死蛋，孵不出自己的小寶貝，而得到憂鬱症以後，黑爺爺的笑聲越來越稀少，偶然笑幾聲，在黑夜裡聽來，甚至會讓小貓頭鷹害怕得發抖。

　　當他的妻子莫名其妙掉在夢河裡淹死了，黑爺爺更是足不出戶，把自己關在陰暗的石洞裡，他的嘆息聲幽幽傳來，

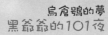

聽了都會鼻子酸酸的。

　　烏倉鴞的臉部羽毛本來就比較黑，搭配上他陰沉的心情，更是顯得深沉黝黑，於是，大家暗地裡給他取了綽號——黑爺爺。

　　雖然如此，還是會有不少大小貓頭鷹到他家門口徘徊，有的人希望挖掘他的八卦，寫一段夢森林的頭條新聞；有些人希望他重出江湖，教導後生晚輩如何說故事；有些人完全基於愛護他的心裡，希望他走過死蔭幽谷，重展歡顏。

　　但是，不管是他的初戀情人，或是從小一起長大的知心好友，都吃了閉門羹。即使是仰慕他的粉絲們，在洞口放了許多好吃的食物，他也無動於衷。

　　「說不定他已經死掉了。」頑皮的眼鏡鴞在石洞外探頭探腦的說。

　　「不要亂說，他命大得很，不是那麼容易被擊垮的。」年高德劭的長耳鴞故意說給黑爺爺聽。

　　突然，樹洞裡傳出來如雷一般的響聲，「離——我——

遠——一點——！」黑爺爺終於開口了，卻嚇得一堆貓頭鷹抱頭亂飛，撞掉了羽毛，撞疼了頭。

眼鏡鴞邊飛邊唱著他們自己編的歌——

黑爺爺怪，黑爺爺怪，不說不唱一點不奇怪！

黑爺爺怪，黑爺爺怪，夢森林裡屬他最奇怪！

黑爺爺側耳傾聽著洞外每晚都會上演的戲碼，直到大夥的聲音遠去，他才站起身來，在石洞裡踱來踱去，他幾乎可以感覺到自己的體力逐漸下降。他本來也想跟著花兒一起離開世界的，可是，他是夢森林的英雄，如果連他也放棄自己的生命，又要如何鼓勵孩子們珍惜自己？

今天是他跟花兒的結婚紀念日，如果花兒還在，一定希望他快樂活著。想起花兒每次依偎在他懷裡，溫柔的說，「我最喜歡聽你說故事了，你可以把星星都叫醒，讓月亮手足舞蹈。說嘛！說嘛！小鳥哥哥。」

他心中的熱情重被燃起，壓抑許久的愛，彷彿岩漿一般急於噴出，他好想再去愛別人，就像花兒依然在他身邊。

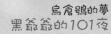

　　他拍掉翅膀上的蜘蛛網，用力吞下石洞前粉絲們送來的老鼠，揮動著翅膀，挺起胸膛，他決定重新出發，讓他的生命發出最後的光芒。

　　他選擇了夢森林裡最高的一棵枯樹，站在樹頂，張開翅膀的剎那，他所有的力量似乎都回來了。

　　今晚沒有月亮，只有幾點星光，隱約在輕輕移動的雲朵之間，是一個說故事的好時分。

　　他長長嘆了一口氣，身邊的樹梢微微顫抖著。他開口說了，「從前從前有一隻貓頭鷹，他的個子十分嬌小，卻有一顆很大的膽子，不管什麼新鮮事，只要是他沒有嘗試過的，他一定搶著去做，所以大家叫他──超大膽。有一天……」

　　說完故事，他立刻閃人，躲回他的石洞裡，不接受訪問，不接受慰問，也不在乎有沒有人聽，只是日復一日、夜復一夜的說故事，說他的所見所聞，說他跟花兒之間的甜蜜故事，有的時候，他自己都會跌宕在回憶裡，感傷的落淚。

　　「當我第一次在河邊岩石上望見花兒，她的羽毛被風輕

輕吹動，好像一朵白色的雲，偷偷溜到了夢森林，想要住下來，看起來如此的嬌弱。我想，花兒這一生需要我的保護，於是，我飛了過去，跟她求婚，『花兒，你可以給我機會照顧你一輩子嗎？』你們一定想不到花兒怎麼回答我？她說，『我願意給你機會照顧我，也希望你給我機會永遠陪伴你。』是的，在這個世間，還有什麼愛情讓我如此心動，我深深震撼著。即使她現在已經離開我，但是我相信，她的愛永遠不會消失。也希望大家都這樣彼此相愛。」

每晚這樣說故事，說的是他的嘔心瀝血，是他一生的寫照，也是他對小小貓頭鷹們的祝福，自然十分消耗體力。他一天比一天虛弱，終於病倒在石洞裡，連站起來走路的力氣都沒有，他想，大概他就要這樣死去了。

這時候，洞外有人輕輕敲門，他根本無力阻止。躡手躡足走進來的是小栗鴉，他有禮貌的問，「黑爺爺，你是不是不舒服？我好幾天沒有聽到你說故事了。」

黑爺爺虛弱的張開眼睛，驚訝的問，「你……你喜歡我

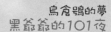
說的故事？」

　　小栗鴞點點頭，「有時候媽媽罵了我，我很傷心，有時候爸爸去找食物，我很孤單，有時候我被欺負，我很受挫……，都是聽了你的故事，得到安慰，得到鼓勵……，你一定要好起來。這是我抓來的老鼠，我已經用喙幫你弄成小塊，你比較好吞嚥……」

　　黑爺爺流下感動的淚，原來，還是有人愛著他的，他並不孤單。

　　慢慢嚥下小栗鴞送來的食物，似乎有了一點元氣，他決定，還要站上樹頂，說最後一個故事——

　　「其實我是一隻驕傲的貓頭鷹，因為很年輕就得到許多榮譽獎項，我以為，只要是我想要得到的，都會得到。可是，現在我才知道，真正的愛，是一種付出。謝謝你們許多年來給我的愛與支持，愛，就是要說出來……，愛，就是要不斷的傳遞下去……」

　　他越說越小聲，完全沒有年輕時的氣壯山河，但是每一

個字都傳到貓頭鷹的耳裡，深深敲擊著他們的心坎。

　　黑爺爺垂下了頭，小栗鴉把他抱在懷裡，輕輕搖著，眼角流下了淚水。望著在雲端探出頭的月亮，這個夜，從來不曾如此美麗。

　　他知道，黑爺爺用真愛述說的101個故事，將成為他一生的回憶，陪伴他飛過山巔水湄。

烏倉鴞 悄悄話

　　倉鴞分為倉鴞屬及栗鴞屬，我們最明顯的特徵是心型的面盤，看起來很可愛，也是貓頭鷹之中比較少的族群。我的羽毛比較黑，同時因為我們的出生率不高，所以爸爸和媽媽一起撫養我們。

貓頭鷹說故事

喜歡搬家的飛飛

「我要搬家，我要搬家！」這是褐鷹鴞飛飛出生以後會說的第
一句話。他悄悄計畫著，只要他能夠獨立，就要搬到別的地方
去，他才不要像爸媽一樣，困死在小小的夢森林裡……。

褐鷹鴞的夢

褐鷹鴞的夢

喜歡搬家的飛飛

「我要搬家，我要搬家！」這是褐鷹鴞飛飛出生以後會說的第一句話。

當爸媽聽到他這麼說的時候，嚇了一大跳，以為自己聽錯了，每隻貓頭鷹不都是先會叫媽媽或爸爸嗎？

後來才知道，媽媽孵蛋時，因為無法離開樹洞，喜歡到處旅行的叔叔經常來跟她分享流浪冒險的經過，「你不知道喔！旅行多麼刺激，每天住在不同的地方，吃不同的食物，美麗的白山、多彩多姿的紅森林、充滿夢幻色彩的奇妙谷……，真是說幾天幾夜也說不完。你們不要總是守在這裡，一住好幾年，也該搬搬家啦換個房子！」

等到他們一個個孵化、鑽出蛋殼時，退休後到「老鳥福利中心」擔任義工的姨婆，也來跟媽媽聊天，「我先生剛過世時，我以為從此生命沒有了顏色，將要老死在夢森林。誰知道我搬到紅森林以後，竟然有了第二春，誰說搬家不好

的。」

　　大概就是這樣，飛飛耳濡目染，羽毛還沒有長豐，他就認定了住在家裡不好，當他開始可以在樹洞口探頭探腦時，更是羨慕外面的世界，急著想要離家出走，不停的抱怨，「好擠好擠，我要搬家。」

　　因為褐鷹鴞多半只生兩、三個蛋，媽媽不但生了六個蛋，而且每一個蛋都順利孵化，陰暗的樹洞裡更是塞得滿滿的，飛飛稍微挪動身體，就全身作痛。

　　他發出一連串的問題，「為什麼要住在夢森林？為什麼要住在這個樹洞裡？為什麼要全家擠在一起？」

　　爸爸卻警告他，「飛飛，小小年紀要懂得安分守己，不要亂動歪腦筋。你知道嗎？祖父那一代從遙遠的北方飛來過冬，經歷了千辛萬苦，因為死傷慘重，決定留在溫暖的夢森林定居。你趁早打消搬家的念頭，夢森林就是你的家，你要學習愛夢森林。」

　　話是這麼說，飛飛卻打定主意，只要他能夠獨立，就

要搬到別的地方去，這個小祕密他只告訴了隔壁的黃魚鴞跳跳，「我才不要像我爸媽一樣，把自己困死在小小的夢森林裡。」

「是啊！是啊！」跳跳邊說邊在樹枝上跳來跳去，「我爸爸說，他在夢森林的工作結束以後，我們家很快會搬走，我們只是過客，我也不喜歡夢森林，常常都是煙霧彌漫，看不清楚。」

所以，飛飛很努力的學飛，是兄弟姊妹中第一個展翅飛離樹洞。繞了一圈回到家裡，就看見哥哥從樹洞滾落地上，他更是驕傲的抬起頭，認為自己將是家裡第一個展開冒險之旅的貓頭鷹。

選了一個美麗的黃昏，夕陽在樹葉間晃動閃爍，飛飛不告而別，毫不留戀的離開了擁擠的家。天黑時，他在靠近河岸邊的大樹間找到一個空的巢穴，住了下來，望著樹梢的月亮，心中滿是興奮，也忘了害怕。只不過小試身手，他就捕捉到了飛蛾，飽餐了一頓。

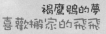
　　住了一陣子，飛飛決定往深山探險，在岩石縫隙裡找到他的第二個家，因為沒有遮蔽，夜晚的風太大，讓飛飛傷風感冒了。幸好附近的猛鷹鴞聽到他咳嗽，好心送來了食物和藥品。過沒幾天，他又再度生龍活虎，準備告別猛鷹鴞，到山谷裡探索。

　　猛鷹鴞勸他，「谷底的霧氣很大，而且最近下了幾場雨，羽毛溼了，你就不能飛了，如果河水暴漲，你會找不到地方落腳的。」

　　「我是初生之犢不畏虎，我的祖先血液裡就流動著不怕冒險的因子。」飛飛決定還是按照自己計畫離開岩石的家。

　　在山谷附近，飛飛遇見了另一隻也在流浪的角鴞，立刻向他打聽，「請問附近什麼地方好玩？」

　　「好玩？這裡充滿了危險，我看你年紀還輕，可能沒有辦法應付突發的事故。」

　　「你可以，我也可以。」飛飛信心十足。

　　「我不一樣，我是被報社派來這裡採訪報導的，因為最

近有不少貓頭鷹離奇失蹤，我希望能找出原因。你還是趕快回家吧！一個人的日子很寂寞的。」

「回家？我是四處為家，以搬家為樂，生活充滿新鮮，怎麼會寂寞？也許有一天，我可以寫一篇『搬家樂翻天』，投稿到你們報社。」

飛飛在草叢附近的枯木樹幹裡築了一個巢，聽著河水嘩啦，享受著小肥鼠，腦海裡只剩下媽媽的模糊印象，想到哥哥妹妹只能守在爸媽身旁，忍不住自言自語，「當我在夢森林歷練夠了，我就要飛往藍山……，讓你們羨慕死，哈哈！」

他的笑聲穿越河谷，驚醒了睡夢中的其他鳥類，此時卻傳來角鴞的叫聲，「飛飛，快走，河水暴漲，馬上要淹到你了。」

「少嚇我了！」飛飛根本不相信。就在這時，河水很快淹到他住的草叢附近，飛飛這才驚覺不妙，揮動翅膀，以最快速度逃離。慌亂間，撞到了巨大的樹幹，立刻頭破血流，

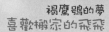

他痛得大叫，卻沒有人理睬他，只好狼狽不堪的快快飛走。

雖然在山谷受挫，飛飛依然繼續他的搬家行動，數不清他搬了幾次家，當飛飛想要離開夢森林時，才發現森林裡已經起了變化，樹葉開始變黃變紅，甚至陸續掉落，夜晚的氣溫也越來越低，他不明白這是怎麼回事？詢問路過的眼鏡鴞，他才知道「冬天」快要來了。什麼是冬天？他的生命中不曾經歷過。

眼鏡鴞熱心解釋著，「冬天就是食物變少、天氣變冷，要趕快找地方躲起來過冬，不然就會凍死掉，你永遠看不到春天。」

飛飛開始尋找樹洞準備過冬，沒想到，他過去住過的樹洞，都有了新的住戶，空著的樹洞，大多殘破不堪，夜晚的風隨時會灌進來，明顯的無法為他抵禦寒冷。

隨著氣溫逐漸下降，飛飛嘗到了寒冷的滋味，可以獵捕的小蟲小動物也少了，他的體重開始變輕，連飛行的力量也變弱了。

　　下意識，他朝著回家的路線飛去，隱隱約約聽到其他貓頭鷹家族談論著過新年的計畫。

　　「過年？」他曾經聽阿姨說過，那是夢森林的大事，大家都會穿得漂漂亮亮的，每家搬出他們珍藏的食物跟大家分享，到了適婚年齡的貓頭鷹們，開始尋找自己喜歡的對象……。

　　他的家在哪裡？爸媽還記得他這個離家出走的浪子嗎？哥哥妹妹會嘲笑他嗎？

　　他瑟縮在孤零零的枝頭上，終於體會到，即使是一個喜愛冒險的人，也要有一個家，就像喜歡旅行的叔叔，旅行再遠再久，當他累了，他還是會回到夢森林。

褐鷹鴞 悄悄話

　　雖然有一個「鷹」字，我可是十分嬌小。我在台灣就有兩個族群，所以，很容易發現我的蹤跡。如果有人吵到我，或是侵犯我，我就立刻搬家，搬到不同的樹林居住，例如郊區的公園，或是海上的蘭嶼，我都喜歡。

貓頭鷹說故事

變臉大王想換臉

鬼鴞小猜望著水中的倒影，悄悄流下眼淚，如果換一張臉，可以換來友誼，他願意盡一切力量變臉。只是，他到處打聽過，夢森林並沒有整型醫院。他要怎樣換掉這一張可怕的臉？

鬼鴞的夢

鬼鴞的夢
變臉大王想換臉

　　有關夢森林鬧鬼的傳說，都是鬼鴞的緣故。

　　鬼鴞家本來勢力壯大，可是，因為他們神出鬼沒，半夜出現的那張臉，常常讓人嚇出心臟病，導致村民藉口趕鬼，闖入夢森林敲鑼打鼓、拿火把四處遊走，造成貓頭鷹家族極度的不安。於是，鬼鴞受到了排擠，處處被欺負、被咒詛。

　　鬼鴞的準媽媽嚇得流產，要不然就是整窩蛋被惡意弄破，所以，祖父母、父母都會耳提面命，不要生小孩，千萬不要生小孩，以免下一代受苦。

　　小猜是媽媽躲在雲霧林深處偷偷孵出來的，因為藏在老樹的樹洞裡，免遭殺身之禍。慢慢長大以後，小猜必須學飛，終於藏不住了，媽媽只好勸他出入小心。

　　因此，小猜幾乎沒有朋友，他怕大家惡整他，大家也躲他躲得遠遠的。他問媽媽原因，「為什麼大家這麼討厭我們？我們做了什麼壞事嗎？」

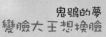

媽媽無奈的搖搖頭，「只能怪我們長了一張奇怪的臉。」

小猜站在小溪中央的岩石上，望著水中的倒影，他身上的羽毛是暗褐色的，唯獨他的臉上有一對白眉毛，他自己覺得很有個性，偏偏別人說他們在漆黑的夜裡，看起來彷彿戴著鬼面具，他也忍不住討厭自己「鬼鴞」的模樣。

他悄悄流下眼淚，如果換一張臉，可以換來友誼，他願意盡一切力量變臉。只是，他到處打聽過，夢森林並沒有整型醫院。他也曾經嘗試用黑色樹汁塗臉，可是，一場雨過後，他的臉又恢復原樣，還差點感冒死掉。

貓頭鷹每天練飛，是為了讓翅膀更硬，可以飛得更高更遠，可是小猜練飛，是希望可以到夢森林深處探險，他相信，一定可以找到幫助他的大師。

有一天，小猜住的地方起了非常大的霧，伸腳不見自己的腳爪，冒險飛翔的小猜因此迷了路。

飛了許久，跌跌撞撞的有些累了，停在一棵盤根錯節

的大樹上，意外發現樹幹上掛了一個牌子——「怪醫哈哈鷹」，旁邊寫了一行小字，

　　專治疑難雜症，專解疑難問題，專門打抱不平。

　　只要肥鼠一隻，服務包你滿意。

　　小猜喜出望外，他的機會來了，他的救星竟然得來不費什麼工夫。

　　他敲了敲招牌邊的小鐘，樹叢裡傳來如雷的笑聲：

　　「哈哈哈，又是哪個活得不快樂的上門來了。請進請進。」

　　小猜怯怯的鑽進樹叢，裡面竟然別有洞天，體型壯碩的哈哈鷹坐在粗細不同樹枝鋪成的窩裡，正在享用肥美的老鼠。

　　「請問你，我只要抓一隻老鼠給你，你就會幫我解決問題嗎？」

　　這樣的交易真簡單，小猜付出了老鼠，哈哈鷹聽著他的疑惑，點了點頭，翻著手中的診斷記錄，說：「你的問題在

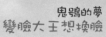

我祖父那一輩就回答過了，你只要往前飛一段路，看到一棵被閃電燒焦的神木，神木底下開了一家面具店，你去找找看，有沒有你要的東西？」

小猜一直鞠躬，「謝謝你啊！如果我的問題解決了，我會常常送老鼠給你當晚餐。」

「不要謝得太早，自己要懂得尋找快樂比較重要。」哈哈鷹抹乾淨嘴巴，躺了下來，準備休診睡覺了。

小猜興奮得照著指示飛到了焦黑的神木旁，平常大家都很怕到這個地方，所以很少停留，沒想到竟然藏著一家面具店。

他很有禮貌的按鈴進入，店裡掛著琳琅滿目的面具，有大有小，有黑白也有彩色的。可是，說也奇怪，一張比一張猙獰恐怖。他詢問櫃臺後面的老闆，「請問你，有沒有可愛一點的面具？」

老闆扶了扶老花眼鏡，皺起眉頭，「你說什麼？可愛一點的？我的顧客來買面具都是要嚇人用的，越可怕銷路越

好。可愛的面具都是滯銷品，我已經很久不賣了。」

小猜又繞了幾圈，真的找不到可愛的面具，他只好失望的離開，低垂著頭，沮喪的嘆著氣，朝回家路上飛去。

突然，他聽到耳邊傳來「救命～救命！」的呼叫聲，聲音很微弱，因為周遭很安靜，所以小猜聽得十分清楚。

他忘了媽媽的叮嚀，朝著聲音飛去，未料，竟然看到一位村民抓到了一隻眼鏡鴞，正用棍子打他，眼看著眼鏡鴞就要沒命了，小猜不顧一切撲過去，夾帶著「咕咕咕」的叫聲。

村民嚇得尖叫，「鬼啊！鬼啊！」落荒而逃，眼鏡鴞因此逃過一劫。

小猜擔心讓驚嚇過度的眼鏡鴞再受驚嚇，掩面準備離去，未料，眼鏡鴞卻對著他的背影說，「小猜，你真好，你一點都不像鬼。」

小猜再度流下眼淚，卻是喜悅的眼淚，因為他鬼臉下的溫柔，終於被發現了。

他開始有一點喜歡自己，還有自己的臉。

鬼鴞 悄悄話

　　就因為我的臉，猙獰可怕，好像戴了鬼面具，在夜晚的森林裡，常常嚇得人家魂飛魄散，所以就叫我「鬼鴞」。其實我很喜歡交朋友，可是，為了避免惹人厭，我大都是在家等待獵物經過，才動手捕捉。

貓頭鷹說故事

獵魚高手

一年一度的「獵魚大賽」又要舉行了，哥哥弟弟摩拳擦掌，準備牛刀小試一番，黃魚鴞爸爸希望嬌嬌一起去，嬌嬌說什麼也不肯。當她再見到爸爸時……。

黃魚鴞的夢

黃魚鴞的夢
獵魚高手

　　黃魚鴞爸爸是夢森林裡的「獵魚高手」，只要是他出馬，不管溪流多麼湍急，他都能以迅雷不及掩耳的速度，把魚獵到手。所以，自從夢森林舉辦「年度獵魚大賽」以來，冠軍都是非他莫屬。

　　他飛到哪裡，都會引起騷動，一堆鷹迷圍著他叫，「黃魚鴞爸爸，黃魚鴞爸爸，請教我捕魚。」

　　他卻悄悄決定，只把自己的獨門功夫，傳給他的孩子。

　　當黃魚鴞媽媽懷孕以後，爸爸找了一棵高大的山蘇花作為窩巢，讓媽媽專心孵蛋。黃魚鴞通常只生一個到兩個蛋，這一回大概是吃了很多肥美的鮮魚，營養太好了，生了四個蛋，巢穴顯得擁擠，等到小黃魚鴞孵出來，體型壯碩的他們，幾乎要把山蘇花壓垮了。

　　一個黃昏時分，山雨欲來，天色昏暗，不留神間，瘦弱的嬌嬌被擠出窩巢，直直墜落地面，黃魚鴞爸爸急忙搶救，

未料，撞到堅硬的岩壁的嬌嬌，細小的腳已經斷了。正準備
送到貓頭鷹醫生灰林鴞那兒救治，雨勢突然變大，大家七手
八腳的把窩巢搬到樹洞裡，因此延誤送醫，嬌嬌的腳從此就
跛了。

　　爸媽為了彌補缺憾，對嬌嬌加倍的愛護，每次獵捕回來
的魚蝦蟹類，都是讓她先吃，她吃飽了，才輪到其他哥哥弟
弟。當大家抱怨的時候，爸爸總是說，「嬌嬌的腳不方便，
你們都要愛護她，不可以欺負她。否則你們長大，爸爸就不
教你們獵魚的技術。」

　　這麼一來，哥哥弟弟即使心生不滿，也只好忍氣吞聲，
寵著嬌嬌，深怕她受了委屈，爸爸怪罪下來，誰都受不了。

　　既然嬌嬌得到三千寵愛於一身，她也樂得享受大家的
「溺愛」，即使她慢慢長大到可以練習飛翔、自己獵食，她
還是習慣賴在窩裡，跟媽媽撒嬌說，「我今天的腿好痛，我
不想出去。」

　　爸爸擔心她這樣子撒賴下去，以後無法自立更生，勸著

她，「爸爸把夢森林裡人人渴望學的獨門獵魚絕技教給你，這樣以後就不怕有人欺負你。」

哥哥正要抗議，嬌嬌卻說，「我不要自己捕魚，他們都會笑我是跛腳鷹，好丟臉啊！即使我很會獵魚，他們還是會說是評審偏心、同情我。我要你們抓魚給我吃，爸爸，你抓的螃蟹好美味喔！」

嬌嬌雖然不會捕魚，撒嬌的功夫卻是一流，連爸爸都受不了，只好投降，「好好好！你乖乖留在家裡，只要爸爸在一天，你就可以吃到全世界最美味的魚。」

好吃懶做的結果，原本體型弱小的嬌嬌，竟然比哥哥弟弟都高大，儼然成為家中的小霸王，哥哥弟弟只好搬到附近的樹洞裡，跟她保持距離。

一年一度的「獵魚大賽」又要舉行了，哥哥弟弟摩拳擦掌，準備牛刀小試一番，爸爸希望嬌嬌去見習，嬌嬌說什麼也不肯出門，「太陽那麼大，我會頭暈，我不要去。等下一次晚上比賽時，我再去。」

哥哥笑她，「算了，下一次你又會說，天那麼黑，我會撞傷的，我不要去。」

　　弟弟也在一旁附和，學嬌嬌說話，「對嘛！對嘛！我的腳好痛，我站不久，我不要去，好噁心喔！」

　　「不要取笑嬌嬌，她已經夠可憐了，你們自己去比賽吧！我在家裡陪嬌嬌。」媽媽護著嬌嬌說，「爸爸，對不起喔！我不能去幫你加油囉！我相信你寶刀未老，冠軍一定非你莫屬。」

　　習慣白天活動的貓頭鷹們，紛紛報名「獵魚大賽」，希望贏得整條夢河的優先獵魚權，因此今年的比賽分外熱鬧。

　　比賽進入決賽時，所有的參賽者、啦啦隊們，站在附近的樹上觀戰，嬌嬌的哥哥弟弟先後都輸了，最後只剩下爸爸跟另一隻橫斑漁鴞決一死戰，大夥分成兩邊加油，連平常在夜間活動的貓頭鷹也鑽出窩巢探頭探腦。

　　賽程進行最後一個項目時，黃魚鴞爸爸和橫斑漁鴞同時以最快速度衝入溪流，因為速度相近，獵捕的目標一致，兩

鴞立刻相撞在一堆，紛紛受傷跌入溪流，橫斑漁鴞運氣比較好，被一塊溪石擋住去路，很快的掙扎上岸。但是黃魚鴞爸爸年紀大了，體力有些不支，被溪水衝得好遠，當他被救起來時，已經奄奄一息。

　　灰林鴞幫黃魚鴞爸爸做了診治，對著媽媽搖搖頭，眼眶含淚，走出了窩巢，媽媽忍不住大哭，「都是我不好，你每次比賽我都去幫你加油，如果我在你身邊，你就不會受傷了。」

　　哥哥弟弟忍不住說，「都是嬌嬌害的，爸爸是為了她才去參加比賽的。」

　　嬌嬌低垂著頭，不發一語。黃魚鴞爸爸知道自己即將離開世界，把嬌嬌叫到身邊，「爸爸以後無法照顧你了，你也長大了，應該要靠自己了。」

　　「爸爸，你不要走，爸爸，我去抓魚給你吃。你等等我。」嬌嬌不顧一切飛出家門，飛到溪流邊，可是，因為她平常懶得學習，根本不懂怎麼抓魚，弄得渾身是傷，依然一

無所獲。垂頭喪氣的回到家，卻聽到媽媽的哭聲，爸爸等不及嬌嬌回來，已經永遠的離開他們了。

癡情的媽媽因為傷心過度，不吃不喝，過不多久，相繼離開了世界。

起初，還有人同情嬌嬌，送來了一些食物。時間久了，他們家變得門可羅雀，十分冷清，飢腸轆轆的嬌嬌只好去哀求哥哥弟弟，他們搖搖頭關上門，把嬌嬌擋在外面，「你自己想辦法吧！你有翅膀、你有眼睛、你有耳朵，你可以照顧自己的。」

嬌嬌獨自坐在樹洞口，哀哀哭泣，她知道，爸爸媽媽永遠不會回來了，她現在開始學習獵魚，會不會太晚？她可能變成像爸爸一樣的獵魚高手嗎？

黃魚鴞 悄悄話

　　看我的名字就知道，我喜歡吃魚，我很聰明，所以我乾脆就住在溪流附近的闊葉林，偶爾，我也會住在大型蕨類或山蘇花裡。同時，我白天、夜晚都可以活動，獵魚技術更是沒話說。

貓頭鷹

說故事

夜裡的星光

栗鴞高高是夢森林中的「大眼王」，任何獵物都逃不過他的眼睛。因此，漸漸養成了他的驕傲性格。當他代表夢森林到「大眼森林」參加夏令營之後，他的眼睛卻發生了一件意外⋯⋯。

栗鴞的夢

栗鴞的夢
夜裡的星光

　　貓頭鷹除了有敏銳的聽覺，他的視力也很好，即使到了夜晚，只要有一點點光，他就能看得非常清楚。尤其是栗鴞高高，他的眼睛更是又圓又大，號稱是夢森林中的「大眼王」，任何獵物都逃不過他的眼睛。

　　此外，棕色底外加黑白斑點的羽毛，既蓬鬆又有光澤，站在高高的棕櫚樹上，十分的神氣。同時，他家算是夢森林的大戶人家，擁有無數樹洞、大枯木，他隨時想換一個地方住都沒問題。

　　因此，漸漸養成了他的驕傲性格，看到任何鴞，他的頭都是抬得高高的。每次遇見其他的鴞抓不到獵物，或是學飛時頻頻跌到地上，他就笑得很大聲，譏諷的說：

　　「你笨啊！你呆啊！你白癡啊！你腦震盪啊！」

　　所以，只要有人聽到他脫口而出「你笨啊！」就立刻飛得遠遠的，不想被他的罵言罵語塞滿整個腦袋。

其實，他的心腸還不算太壞，偶爾心血來潮也會教導別的鴞如何抓小蟲、如何抓老鼠，可是，每次他幫忙完，還是忍不住嘲弄別人一番，「像你們這麼笨，為什麼還要來到世界上浪費食物？」

結果，他曾經對別人的好，就完全抵銷了，任何鴞提起他來，總是搖搖頭，加上一聲嘆息。

偏偏，高高的俊俏又讓很多人羨慕，只要他出現的地方，還是會有鴞包圍著他，請教他如何保養眼睛、如何放電、如何迷人。但是，夜深人靜，大家各自狩獵完回家休息以後，高高體會到很深的寂寞，好像落進深不見底的潭水裡，如此冰涼。

幸好，他在「大眼爭霸戰」獲得了第一名，爭取到參加「大眼森林」夏令營的機會，稍稍安慰了他寂寞的心。

大夥在夢森林入口處鼓掌歡送高高，他帶著大家的祝福，在角鴞的護送下，千里迢迢的飛往「大眼森林」。角鴞覺得一路挺無聊的，隨口問他，「高高，你會不會很緊

張？」

　　高高挺起胸膛，抬起頭說，「當然不會，這對我來說只是小事一椿，我一定不會替夢森林丟臉的。」

　　有了這一次奇特的經歷，回到夢森林，當大家圍繞著他聽他分享夏令營心得時，他又可以揚眉吐氣了。他這麼想著，心頭的烏雲逐漸散去，用最歡欣的心情，迎向他的「大眼森林之旅」。

　　大眼森林裡住的全是動物界眼睛最大的成員，享受最甜美的食物、最豪華的居住環境。問題是，雖然各方推薦人選到此一遊，還是要經過大眼森林委員會的考核，也因此，高高的獲選，有著象徵性的意義，也是一項難得的殊榮。因為，幾代以來，貓頭鷹家族之中的成員，眼睛都很小，根本夠不上大眼的標準，

　　懷抱著無限的夢想，高高到了大眼森林。剛開始，一切都很新奇，可是，兩三天過去，面對各種大眼動物，高高覺得自己被冷落了，夏令營的各項活動他也很難得到名次，他

越著急，他的表現越差，甚至影響了他的睡眠，早晨起床，眼睛幾乎張不開，面對刺眼的陽光，眼睛變成了一條縫。

更慘的是，因為睡眠不足，高高的眼睛感染了疾病，醫生診斷後，他的眼疾有傳染性，這一項消息，很快的在大眼森林傳開來，委員會以最快速度做了決定，通知高高：

「為了避免你的眼疾傳染給別人，我們決定請你立刻離開大眼森林。」

「我很快就會好的，我只要好好睡一覺。」高高想到這麼狼狽的回去夢森林，他將會永遠抬不起頭來，他怎能忍受這種羞辱，極力為自己爭取。

但是，沒有用，委員們冷著一張臉說，「反正你的表現也很差，留在這裡，你只會更丟臉，早點回家去吧！」

高高的心情跌到谷底，連翅膀也揮動不了，他問自己，「要回夢森林嗎？萬一被嘲笑怎麼辦？」

他決定絕口不提被趕出大眼森林的這一段，只說大眼森林突然發生傳染病，所以夏令營提早結束。這樣，至少可以

幫他留下一點自尊。

　　沒想到，他才剛剛飛近夢森林邊緣，就看到角鴞站在樹枝上對著他尖叫，「高高回來了，高高的眼睛不圓了，大眼森林拒絕高高了。」

　　他只好低下頭，閃閃躲躲的回到他家，刻意選擇比較偏僻的一棵枯木，躲進樹幹裡，希望眼睛突然恢復健康，也許還有理由回到大眼森林。

　　可是，他的眼疾非但沒有痊癒，而且越來越嚴重，腫脹發炎的眼睛幾乎瞇成一條縫。既無法見人，更無法飛出去捕食，他餓得頭昏眼花，不知道如何是好？難道，他就這樣死掉嗎？沒有人願意看他一眼嗎？

　　就在這時，家門口傳來窸窸窣窣的聲音，只見小鵂鶹在外探頭探腦，他小聲的問，「高高，你還好嗎？我給你帶來了一隻小蟲。很抱歉，我的眼睛太小，看不到太大的東西，只能找到這樣的食物，你可以接受嗎？」

　　高高瞇著眼睛望了望這一隻垂死的小蟲，的確很小，若

是平常，他根本不屑一顧，可是，他實在太餓了，餓到飢不擇食。但他沒有忘記問小鵪鶉，「你怎麼會來看我的？」

小鵪鶉說，「有一次，我很晚都沒有找到蟲，衰弱的倒在路邊，你剛好經過，丟了一隻蟲給我，還告訴我，眼睛小沒有關係，只要知道蟲子在哪裡出沒。所以，我就用了你教我的方法，一直過得豐衣足食，謝謝你，你請享用。」

高高吃完以後，小鵪鶉小心翼翼捧著葉子進來，「這是我採集的露水，聽說用來洗眼睛，你的眼疾很快就會痊癒，來，我幫忙你。」

身體十分嬌小的小鵪鶉抬起高高的頭，把露水緩緩倒進他的眼睛，高高只覺一陣清涼，感動得流下淚水，「對不起，我當時不應該罵你一副營養不良的樣子，被踩死了都沒有人看你一眼。你願意原諒我嗎？」

小鵪鶉點點頭，「我不會記住你這些不好聽的話，我只記得你對我的好。」

說也奇怪，就在高高流淚的同時，他突然覺得眼睛可以

117

張開了，他的視力又恢復了，眼前的小鵂鶹，在他看來如此
可愛，瞇成一條縫的小眼睛亮晶晶的，彷彿夜裡的星星，閃
亮在黑暗中。

栗鴞 悄悄話

　　我是倉鴞當中體型比較小的，只是心型面盤不那麼明顯。我只喜歡在夜晚出沒，印度、斯里蘭卡、東南亞一帶是我的家族範圍。樹洞或枯樹都是我築巢成家的熱門地點。

貓頭鷹說故事

颱風過境

短耳鴞方方是「夢博士學園」的第一屆學生,他可以跟著全夢森林頂尖高手們學習各項技藝。但是,上課不到兩天,方方就賭氣不願意再去學校,反而是在心裡悄悄禱告,希望颱風趕快來,他就可以放颱風假……。

短耳鴞的夢

短耳鴞的夢
颱風過境

　　為了鼓勵貓頭鷹們成為多才多藝的鳥類，夢森林的長老們決定開辦一所學校，專門訓練未來的菁英，帶領貓頭鷹們飛向廣闊的世界。

　　短耳鴞的媽媽在她生的七個寶寶當中，特別挑選了方方成為「夢博士學園」的第一屆學生，讓他跟著全夢森林頂尖高手們學習飛行、獵捕、躲藏、建築、醫療……等各項技藝。

　　上課不到兩天，方方就賭氣不願意再去學校，媽媽問他原因，他回答說：「我要跟哥哥妹妹在家裡玩遊戲，我要跟媽媽一起學做窩。我討厭上學，老師好凶，同學們都比來比去的，說我飛的姿勢好像被獵槍射中不斷抽搐，還笑我唱歌的聲音像人類鋸樹木。」

　　「就是因為表現不夠好，才要去上學啊！你要讓他們對你刮目相看，為什麼那麼早就放棄？」媽媽繼續鼓勵他。

「我不要做博士，我只要做媽媽的乖寶寶。」方方靠向媽媽懷裡。

爸爸生氣的說，「小孩子要聽爸爸媽媽的話，不能替我們短耳鴞家丟臉。你忘了夢森林入口的那一座雕像嗎？那是我們的精神指標，那一隻高大的鷹鴞站在百科全書上面，戴著眼鏡，看起來多有學問啊！」

媽媽也附和說，「是啊！我小的時候曾經跟全家去旅行，看到一個男孩的窗台上，放著一隻陶土做的貓頭鷹，他就戴著博士帽喔！這一直是我的夢想，現在就靠你來實現。」

哥哥酸溜溜的說，「我們想去上學還不能去呢！你不要鴞在福中不知福。」

方方無力對抗全家人，只好嘓著嘴巴，縮回他自己的角落，翻出他在森林各處收集來的各種果核，滾過來滾過去，滾過來又滾過去，覺得自己就像這些果核，失去了生命，只能任人擺布。

他的腦袋卻不由自主的翻轉著，今天放學時聽到校長跟老師說話，有一個颱風可能侵襲夢森林，要大家提高警覺，為了保護貓頭鷹菁英的生命，屆時就必須放颱風假。

太好了，那他就不用上學了。他在心裡悄悄禱告，希望颱風趕快來，他就不必去那討厭的學校。

只可惜，每次傳說了半天颱風要來，方方卻是空歡喜一場。

直到一天黃昏，方方飽餐了一頓爸爸獵捕的小蟲，正準備背起書包出門上學，突然聽到角鴞尖聲怪叫，「不得了了，不得了了，颱風要來了，夢森林有史以來最大的颱風，大家要小心小心啊！～～」角鴞誇張的拉長了尾音，還發抖著，表示情況真的很嚴重了。

家家戶戶的貓頭鷹伸出了腦袋，彼此探問著，「是真的嗎？不要像上一回，我們千辛萬苦、勞師動眾搬了家，結果颱風卻過門不入。」

角鴞回過頭來說，「我剛剛從人類那裡回來，他們掛

起了10號風向球，不得了，可怕喔！我要趕快去警告大家了。」

　　媽媽開始尖叫，哥哥姊姊趕緊從窩巢外飛回來，爸爸更是不停跺腳、揮翅膀，嘆著氣說，「這怎麼是好？這怎麼是好？」

　　只有方方跟大家的情緒不同，他在心中竊喜著，颱風終於要來了，他的禱告總算要應驗了。他以最快速度鑽到角落，把他心愛的果核藏到附近的樹洞裡，然後，好整以暇的躺在窩裡，聽著整個夢森林傳來各種呼喊聲。

　　因為弟弟妹妹的翅膀還沒有長硬，飛不快，媽媽擔心颱風來臨，萬一把窩巢吹走，他們來不及躲避，急忙在附近尋找空的樹洞，姊姊說，「我知道一個樹洞，方方每次都在裡面玩耍。」

　　爸爸立刻下命令，「我現在就過去看看，如果可以暫時過一夜，你們會聽到我的叫聲，大家一起把家裡的重要物品、食物，分批帶過來，趕快動作。」

　　方方連忙阻止，「唉呀！那是我的藏寶洞，你們不可以占用啦！」他擔心他的果核不保。

　　果然，爸爸一看樹洞大小剛好，不管方方如何抗議，就把他精心蒐集的果核全部丟到地上，方方慘叫著，努力搶救他的果核，媽媽卻制止他，「方方，風已經越來越大，不要去管那些果核了，趕快躲進來。」

　　不一會兒工夫，夢森林只剩下少數還在找爸爸媽媽的小貓頭鷹驚恐的亂飛著，擔任警戒的角鴞也飛得不見蹤影，颱風吹颳著大小的樹，樹葉劇烈晃動著。突然，聽到住在樹頂的栗鴞慘叫著，「哇！我的家，我的家毀了，救命啊！」

　　又過了一會兒，傳來黃魚鴞狼狽的聲音，「山洪爆發了，我的家被沖走了，我還沒孵出來的孩子、我的老婆……」

　　媽媽搖著頭，眼眶含淚，「我剛剛跟黃魚鴞說，瀑布下面很危險，他還嘴硬的說，越危險的地方越安全。這下子，他的老婆凶多吉少啦！」

左右鄰舍的災情逐漸擴大，爸爸決定不能見死不救，跟媽媽說，「你照顧好孩子們，這裡看起來很安全，我去看看是不是可以幫得上忙？方方，這裡只有你學過急救術，弟弟妹妹就交給你了。」

　　方方剛要說，「這是哥哥姊姊的事⋯⋯」爸爸已經頭也不回的離開樹洞。緊接著，媽媽也說：「我不能置身事外，我去幫你爸爸的忙，方方，這個家交給你了。」

　　「我不要⋯⋯！」方方慘叫著，可是，沒有用，風勢稍歇之後，雨勢卻變大了，不斷往樹洞裡沖刷，哥哥姊姊護住弟妹，方方望著樹洞裡的大小物品飄了起來，食物也泡爛了，他只好用翅膀努力把水潑出去，免得弟妹們感冒、失溫，幾乎沒有一刻停歇。

　　直到天快要亮時，風雨變小了，颱風狂笑了幾聲，終於離去。爸媽陸續拖著疲憊的身軀回來，見到滿目瘡痍，嘆了一口氣說，「這下子，不曉得要花多久時間，才能恢復原樣？」

　　「我肚子⋯⋯好餓。」方方哭了起來。

　　媽媽皺起眉頭，拍掉身上的水，「誰不餓呢？我們之前住的窩巢已經被吹走了，只好先把這個樹洞整理整理，打掃完，爸爸再去找看看有沒有小蟲可以果腹。」

　　方方越哭越大聲，他好累，他好想睡覺，他好想大吃一頓，他不要大掃除，他寧願⋯⋯寧願去學校念無聊的書、練無聊的飛翔、被同學嘲笑。

　　颱風假，一點不好玩，方方對著樹洞外面大喊，「颱風老大，你走了之後，永遠永遠不要回來，我們不歡迎你。」

短耳鴞 悄悄話

　　長耳鴞的耳簇羽特別長，相反的，我們短耳鴞的耳簇羽非常短，幾乎看不到，但無損我們的聽力。我喜歡自己築巢，也喜歡集體行動，不像很多貓頭鷹，習慣獨來獨往，大都住二手窩。

黑森林裡的歌聲

黑森林在夢森林的最深處，貓頭鷹們一旦罹患了嚴重的的傳染病，或是犯下滔天大罪，就會被關到黑森林的牢籠裡，見不到爸媽、見不到朋友。當雕鴞家的大雕送往黑森林之後，小鵂鶹決定冒險探望他……

斑頭鵂鶹的夢

斑頭鵂鶹的夢

黑森林裡的歌聲

　　如果小貓頭鷹不守規矩，或是在學校表現不佳，爸媽們最常嚇他們的一句話就是「再不聽話，就把你們送到黑森林去」。

　　黑森林在夢森林的最深處，因為樹木茂密，幾乎不見天日，任何時候都是黑呼呼的一片，誰敢飛進去，幾乎都找不到回家的路，所以大家給他取了名字「黑森林」。

　　一旦誰罹患了嚴重的的傳染病，或是犯下滔天大罪，就會被關到黑森林的牢籠裡，見不到爸媽、見不到朋友，有時候，就在黑森林裡過完一輩子。

　　個子嬌小的斑頭鵂鶹——小斑斑，長相可愛，又有同情心，大家都很喜歡他，所以，他想不通為什麼有人喜歡做壞事，甘願住到黑森林裡去。

　　當他看到爸爸嚴肅一張臉進門，嘆著氣說，「真糟糕，雕鴞家的大雕一直闖禍，關了無數次的太陽屋都沒有用，我

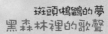

　　們已經警告他好幾次，小心被送到黑森林，他家人卻護衛著他，根本不把大家的警告聽進耳裡。」

　　媽媽也搖著頭說，「也難怪，他們家得過那麼多獎章，大家多少都會給他一點面子。」

　　爸爸跺了跺腳，「就是因為這樣，大雕才會變本加厲，他不但偷東西，還打傷了別人，我們不能再讓他享特權了。」

　　小斑斑嗅出不尋常的氣氛，因為爸爸是懲戒委員會裡，心腸最軟的，連爸爸都不想放大雕一馬時，他絕對是凶多吉少。

　　小斑斑連忙說，「爸爸，你不是常常說，每隻貓頭鷹都是上帝賜給你們的禮物，所以，要小心呵護，不讓禮物被傷害。為什麼你們不想辦法改變大雕，我想，他一定也不希望自己變得這麼壞脾氣。」

　　曾經跟大雕一起參加夏令營的小斑斑，記得大雕跟他說過，「我好羨慕你這麼有人緣，大家都說你是天使、我是惡

魔，我也很想當天使，那種感覺一定很棒。」

可是，大雕終究沒有做成天使，他照樣我行我素，不但偷竊角鴞家的食物、把小蛇放進林鴞的窩裡，甚至還將倉鴞媽媽正在孵的蛋，當作球把玩，弄破了兩個也不認錯。

當他被逮之後，懲戒委員會一致決議把他送到黑森林去，雕鴞家哭成一團，望著雙腳被綁住的大雕，後悔已經來不及了。

小斑斑在後面悄悄跟著，聽到大雕嗯嗯哼哼的哭聲，平常耀武揚威的他，看起來十分狼狽。大雕不停喊著，「我要回家，我要回家。」可是，沒有用，他離家越來越遠，他的哭聲也越來越小。

小斑斑的眼睛溼溼的，雖然大家都很討厭大雕，但是聽到大雕的哭聲，他還是很難過，他問媽媽，「大雕真的不能回來了嗎？」

媽媽撇撇嘴，「誰要他只會做壞事，留在夢森林，只會害死大家。」

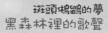

「所以，他要跟生了重病的灰鶹公公、全身潰爛的黃魚鴞阿姨、殺鴞無數的角鴞叔叔……，住在一起？他會被傳染疾病的，他這樣不是死路一條。太可怕了！」小斑斑的心抽了一下，突然冒出一句，「我很想住到黑森林去，陪伴他們。」

「你給我閉嘴，小斑斑，不要亂說話，好端端的樹洞你不住，還想到黑森林去。」媽媽厲聲喝斥，不准小斑斑再提到「黑森林」這三個字。

剛開始，「夢森林快報」還報導了大雕的消息，說他不說話、不吃東西，變得很消沉。他的家人想要去看他，也遭到懲戒委員會的拒絕。時間久了，大家漸漸不再談論大雕，忘了他，就好像忘了其他關在黑森林裡的人。

小斑斑卻沒有忘記，他依然惦記著大雕。

當學校要求他們做一份有關夢森林神祕角落的報告，鼓勵小貓頭鷹們多一點冒險心，小斑斑即刻表明他要報導「黑森林的祕密」，大家都勸他，「小斑斑，那太可怕了，你會

被傳染疾病，你會有去無回，你會變得跟他們一樣黑。」

爸媽也相繼警告他，「如果你堅持要去黑森林，喜歡跟那些壞人為伍，乾脆就不要回來算了。」

別的同學歡天喜地的蒐集資料寫報告，小斑斑只得到導師的支持，踏上了艱困的旅途。

幸好有人帶路，小斑斑不致迷路。他遠遠望著一個個牢籠裡的貓頭鷹們，他問他們，「你們現在的心情怎麼樣？你們想不想家？想不想身手矯健的老鼠？」

他們全都低垂著頭，只有灰鴞叔叔用力咳了幾聲，「你走吧！問這些只會讓我們更傷心。我們已經沒有未來，沒什麼好說的，你走吧。」

小斑斑不願意這樣就放棄自己的任務，他記起小時候，不管是他生病或是受到驚嚇時，媽媽都會唱歌給他聽，他聽了以後，慢慢就睡著了。於是，他張開喉嚨，唱起一首又一首家鄉的歌、快樂的歌，從清晨唱到日落，唱到口乾舌燥，然後，他才回到自己的樹洞裡。

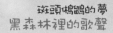

　　周而復始的連續唱了好幾星期的歌，說也奇怪，黃魚鴞阿姨的潰爛皮膚漸漸癒合，大雕開始進食，角鴞叔叔則跟小斑斑說自己誤入歧途的故事，原先死氣沉沉的黑森林有了不一樣的氣息。

　　當小斑斑完成了他的報告，不得不離開黑森林時，大雕跟他說，「雖然我的身體被囚禁在籠裡，我的心卻是自由的。我希望有一天我真的可以做一個守護夢森林的天使。」

　　因為學生們都很認真完成報告，學校特別舉辦了一場發表會，讓所有的學生上台分享。

　　小斑斑很希望爸媽可以參加，藉此讓他們明白他的想法，但是，他們都別轉頭去，冷冷的不做回應，小斑斑無奈的拎著厚厚一疊的報告，孤單的離開家。

　　每個同學的報告都引發了熱烈的掌聲，輪到小斑斑時，他隱約聽到嘲笑的聲音，從不同角落傳來。他鼓起勇氣，述說他剛到黑森林時，大家對他的冷淡，如同掉進冰宮裡，可是，他用歌聲陪伴他們，似乎勾起他們心中美麗的回憶。

「媽媽常常跟我說，我家以前很窮，若不是遇見了眼鏡蛇把樹洞讓給我們，又提供了很多食物，我們是無法活過來的。所以，一旦我們有了能力，就應該多多幫助別人。我個子小，沒有足夠的體力，但是我有一副好歌喉，所以我選擇唱歌陪伴他們。從他們善意的回應，我相信，只要有一顆喜樂的心，他們可以重新再回到我們當中，讓黑森林成為一則歷史，而不是我們的夢魘。」

台下響起零落的掌聲，這時，小斑斑看到爸爸媽媽走了進來，用最大的掌聲送給小斑斑。然後，掌聲越來越熱烈，貓頭鷹們開始唱起家鄉的歌，曾經響徹黑森林的歌聲，這時候遍布夢森林各個角落。

斑頭鵂鶹 悄悄話

　　只要提到鵂鶹，就表示是體型很小的貓頭鷹。我們大約有三十種，頭部圓圓，沒有耳簇羽，很好辨別喔！住在台灣的是領鵂鶹，比我們更小，而我除了頭部有斑紋，也特別喜歡在亞洲一帶活動。

貓頭鷹說故事

是誰下的毒手

一天夜裡，夢森林裡突然傳來哭聲，原來是雪鴞家的孩子腹瀉不已；快要天亮時，黃魚鴞家也發出驚天動地的慘叫，接二連三的病號湧進貓頭鷹診所，有的頭痛，有的肚子痛，有的……，醫生、護士手忙腳亂，卻查不出原因。

長尾林鴞的夢

長尾林鴞的夢
是誰下的毒手

　　夜晚時分，是夢森林裡活動最頻繁的時候，其中最忙碌的就是角鴞報報，因為他身負警戒重任，比別的貓頭鷹更容易蒐集到各地的奇聞軼事。

　　當人類居住的村莊流行各種疾病時，報報不斷發出警訊，提醒大家注意，夢森林得以倖免於難。

　　一天夜裡，夢森林裡突然傳來哭聲，原來是雪鴞家的孩子腹瀉不已，甚至排出血來，嚇得雪鴞媽媽立刻送他掛急診。

　　快要天亮時，黃魚鴞家也發出驚天動地的慘叫，「糟糕了，我家老公暈倒了。」

　　接二連三的病號湧進貓頭鷹診所，有的頭痛，有的肚子痛，有的心臟不舒服……，醫生、護士手忙腳亂，卻查不出原因。漸漸的，情況越來越嚴重，從大人到小孩都得了各種怪病。

　　一籌莫展之餘，報報又發揮了他的探索本領，終於發現問題出在大家賴以維生的「夢河」。

　　「不得了了，不得了了，夢河的水汙染了。」報報四處大叫。

　　銀倉鴞看到河裡浮起的死魚說，「一定是人類，一定是人類想要把我們趕出夢森林，所以下毒害我們。」

　　鬼鴞也附和著說，「對對對，前幾天天剛亮時，我就看到幾個人鬼鬼祟祟的在夢河附近徘徊。」

　　年長的鷹鴞勸阻他們，「事情沒有得到證實以前，我們不可以隨便亂說。即使真的被下毒，也要找出是什麼毒，如何消毒。」

　　小栗鴞在一旁小聲說，「黑爺爺告訴過我，每個村莊每座森林都有一條河，是大家的生命之河，如果河水出了問題，大家就會生病。」

　　一家子病倒了三隻鴞的雪鴞媽媽說，「說得有道理，我們應該組織探險隊，沿著夢河到上游看看。」

　　冒險心重的長耳鴞順風立刻揮動翅膀說，「我去我去，這是我最佳的冒險機會。」

　　報報也說，「這種事情怎麼少得了我。」

　　褐鷹鴞飛飛隨即加入他們行列，「算我一份吧！好久沒有飛那麼遠的路途了，翅膀都快軟掉了。」

　　於是，他們帶著簡單的乾糧，在夢森林群鴞的祝福中上了路。

　　沿著夢河飛了一小段路，為了觀察河水，他們都飛得很低，一馬當先的飛飛眼尖的有了新發現，立刻招呼大家，「你們快來看，這裡的河水顏色好奇怪，水面上有許多小蟲。」

　　「是不是花鹿或是山羊死在水裡變臭了？」報報提出他的見解。

　　飛飛搖搖頭說，「沒有喔！河裡看不到任何動物的屍體。」

　　「奇怪了，河水聞起來臭臭的，好像下雨天藏在樹洞裡

144

的小蟲腐爛的味道。」報報抓抓頭，竟然還有他不知道的事情，真是傷腦筋。

「你們安靜一下，不要說話。」順風豎起耳朵，轉動著他的頭，往不同方向傾聽，「我好像聽到斷斷續續的哭聲，我們再往河水的源頭飛飛看。」

飛啊飛的，他們飛到一處平坦的草原，草原當中有一個倒映著月亮的湖，原來它就是夢河的源頭。奇怪的是，湖裡散發出更濃的噁心味道，湖邊的樹木也彷彿缺了水一般低垂著頭，好像快要斷氣了。

其中一棵山毛櫸的樹枝上，坐著一隻長尾林鴞，身上的毛斑駁著掉了好幾撮，正發出哀哀的哭聲，他的淚水順著樹幹流下地面、流進湖裡。

報報發揮了他的記者精神，訪問他，「請問，林鴞大哥，你為什麼哭得這麼傷心？」

長尾林鴞似乎用盡了他所有的力氣，大吼道，「你不要管我，我討厭你，我不要跟你說話。」

　　經過飛飛的耐心詢問，才知道長尾林鴞傷心的原因。原來，他從小青梅竹馬的林鴞，全家搬到另一座遙遠的森林，不管他如何苦苦哀求，林鴞還是走了，也帶走他的心、他的歡笑。

　　他每天的埋怨、仇恨⋯⋯，都隨著淚水流進了湖裡、河裡，夢河也因此變成一條傷心的哭河，難怪貓頭鷹們喝了這水，一個個生了病。

　　長耳鴞順風勸他，「我也有過你這樣的經驗，我的伯伯叔叔搬走了，我的玩伴也移民了，我的爸媽也在一場颱風中失去了生命。可是，我卻在夢森林裡，遇見了一群愛我的朋友。我爸爸曾經說過，有些朋友是短期的朋友，只會陪伴你一陣子，但是有些朋友卻是你一生的朋友。我相信，你會在夢森林裡，遇見其他的好朋友。」

　　「是啊！你不要哭了，跟我們一起下去，你會是我們夢森林裡的頭號大帥哥。」飛飛也鼓勵他。

　　「真的？」長尾林鴞難得露出笑容，淚水也停止了，漸

漸的，湖邊樹木的葉子一片片開展，在月光下閃閃發光。

　　他們結伴飛回夢森林，夢河，也隨著他們翅膀的揮動，一吋吋恢復生機，順風彷彿聽到了家家戶戶歡呼的聲音。

長尾林鴞 悄悄話

　　我的尾巴比別的鴞要長，而母的長尾林鴞則比公的體型大。我習慣棲息山毛櫸森林。尤其是枯樹的頂端，我特別喜歡，這樣，當我在天快亮時四處活動，才不會打擾到別的鴞。

貓頭鷹說故事

禿蛋傳奇

「禿蛋」是紅帶鴞家的老么，她還沒來到這個世界，就在家裡引起軒然大波。

因為哥哥姊姊全都破蛋而出，只有禿蛋賴在蛋裡不肯出來。好不容易孵出來，卻是一隻無毛的禿鴞……。

紅帶鴞的夢

紅帶鴞的夢
禿蛋傳奇

「禿蛋」是紅帶鴞家的老么，她還沒來到這個世界，就在家裡引起軒然大波。

因為哥哥姊姊全都破蛋而出，只有禿蛋賴在蛋裡不肯出來。媽媽每天都要在窩裡孵蛋，爸爸每天都要出去打獵給媽媽進補。時間久了，開始不耐煩，媽媽怪爸爸，「一定是上一次兩顆蛋擠出樹洞外，你撿錯了蛇蛋回來。」

爸爸立刻回答，「他如果是一條小蛇，我就吃掉他，不用你擔心。應該怪你，害什麼喜，偏偏要吃爛掉的小蟲，他八成是一顆壞蛋，已經過了這麼多天，哥哥姊姊都開始長毛了，把他丟掉算了。」

就在爸媽僵持不下時，蛋殼有了動靜，禿蛋奮力破殼而出。

媽媽鬆了一口氣，「喔！感謝天，她不是一條蛇。」

只是，說也奇怪，哥哥姊姊的羽毛越長越多，禿蛋卻依

舊光禿禿的，來探望她的鄰居們，順口取了「禿蛋」的綽號。

　　她媽媽雖然不願意，可是，也無計可施，既擔心禿蛋受涼，也擔心她變得自卑，不斷安慰她，「我爸爸的爸爸曾經說過，羽毛長得慢的人，比較聰明。你要耐心等待喔！」

　　爸爸比較嚴厲，警告她，「你在蛋裡面已經給媽媽惹了不少麻煩，你現在乖乖待在家裡，不要亂跑，不要闖禍，夢森林附近出現不少野貓，專門獵食剛剛孵出來的小貓頭鷹。」

　　哥哥比較沒有同情心，嘲笑她，「像你長得這麼醜，搞不好是別人家不要的蛋，偷偷丟進我們家的。」

　　姊姊則說，「妹妹，你不要相信哥哥的話，你也許只是各方面發育比較慢，等我先學會飛，我再教你，你不要著急喔！」

　　雖然如此，禿蛋每天望著哥哥姊姊的毛，由米色轉為紅棕色，十分漂亮，心裡好羨慕喔！

　　她對著月亮自言自語，「月亮姑姑啊！我是不是也像你一樣，不會長羽毛呢！天生就是光禿禿的。」

　　月亮展開了笑臉，彷彿對著她點頭說，「是啊！是啊！我們是一國的。」

　　禿蛋剛出生時，灰林鴞醫生叔叔曾經來看過她，百思不得其解，跟爸爸搖搖頭說，「我翻過各種醫學百科，找不到禿蛋的類似個案，她可能是變種，所以跟大家不一樣。」

　　既然如此，她如果天生就沒有羽毛，那就表示，不需要羽毛，她也可以飛翔。

　　於是，趁著爸媽都不在家，她悄悄移動身軀，往洞外爬去。爬啊爬的，終於到了樹洞外，月亮變得更大了，晚風如此的涼爽，禿蛋一陣哆嗦，掉出了樹洞外。她努力揮動翅膀，可是，沒有用，她直直的往下掉，下意識大喊「救命」，用她的爪子亂抓著。

　　就在這時，剛剛獵食回來的爸爸，放棄爪下垂死的老鼠，抓起了禿蛋，只差一點，禿蛋就要摔在石頭上，一命嗚

呼。

　　媽媽怪哥哥姊姊，沒有照顧好禿蛋。爸爸罵禿蛋不聽話，害得全家為她擔心。禿蛋只能低垂著頭，走到角落裡。大概是受了驚、又遭到風寒，禿蛋開始流鼻水、咳嗽，爸爸更生氣了，不停的在樹洞裡踱步、嘆氣，「我們家做錯了什麼事，上天要如此懲罰我？」

　　意外的是，經過一番驚嚇，禿蛋竟然長出了羽毛，一根、兩根，她好開心喔！媽媽也說，「這真的是意外的收穫。媽媽會努力抓小蟲給你吃，讓你可以趕上姊姊，你們就可以一起學飛了。」

　　禿蛋好高興，自己終於可以甩掉難聽的綽號了。可是，不管禿蛋如何努力進食、努力運動，她的羽毛卻長得其醜無比，一根根硬硬的，直直豎起來，跟她睡在一起的姊姊常常被刺痛，哥哥跟她擠著吃爸爸帶回來的食物，也被她刺得流血。

　　哥哥氣得大罵，「你到底是我們紅帶鶋，還是刺蝟

啊？」

「刺蝟是什麼？」禿蛋不懂。

「你真笨，連刺蝟是什麼都不知道，乾脆把你丟去刺蝟家，說不定他們會收留你。」哥哥躲到媽媽懷裡，吵著要媽媽幫他敷藥。

「我不要離開，我不要被趕走，媽媽，媽媽，你不會不要我吧！」禿蛋傷心的哭了起來。

爸爸搗起耳朵，「你們可不可以安靜一點，我忙了一個晚上，很累，我想要睡覺。再吵，統統趕出去。」

媽媽的眼睛含著淚，同樣都是她的孩子，她好為難啊！她到底要幫誰呢？而禿蛋，什麼時候才能夠長得像一隻真正的紅帶鴞？

時間一天天過去，哥哥姊姊開始學飛，禿蛋更加焦急，她開始懷疑，自己真的不是紅帶鴞家的一員，只是不小心闖入的陌生鴞。她偷偷藏著食物，只要自己有能力，即使不會飛，用爬的、走的、跳的，她都要離開這個家。

　　所以，禿蛋不再抗爭，不再闖禍，也不再問奇怪的問題，只希望自己的計畫可以盡早實現。

　　終於這一天來臨了，爸媽帶著哥哥姊姊到比較遠的林地學飛，要禿蛋在家看家，她好想說，「媽媽帶我一起去，讓我試試看可不可以飛。」

　　但是，看到哥哥姊姊在風中飄動的羽毛，散發出紅棕色的光芒，她吞回剛要出口的話，跟媽媽小聲說，「媽媽，我愛你，讓我抱抱你。」

　　媽媽拍拍禿蛋，「好了好了，不要抱了，媽媽要出發了，很快就回來，我會帶好吃的食物給你吃，保證是你沒有吃過的山珍海味。」

　　禿蛋揮揮手，不管大家是否看到，她已經在心裡跟他們道別。

　　等爸媽他們飛遠，她回到樹洞深處，挖出她預埋的食物，裝進袋子裡，從樹洞的缺口慢慢往下爬，然後在草叢中鑽來鑽去，想要尋找一個可以棲身的地方。

外面的世界比她想像中恐怖，可是既然已經離開家，她就不打算回去，即使死了，也沒有關係，反正沒有人在乎她。

走啊走的，禿蛋覺得筋疲力竭，在一棵老樹的樹根旁，發現了一個凹洞，想辦法鑽了進去，靠著樹根，倒下來，很快就睡著了。

剛開始吃著自己帶來的食物，勉強可以過日子，可是，當食物越來越少，禿蛋的肚子越來越餓時，她又想到了「死」。這麼多天過去，也沒有人尋找她，表示沒有人關心她。

迷迷糊糊間，她好像聽到姊姊曾經跟她說過的話，「禿蛋，不要隨便放棄自己啊！生命很寶貴，你一定要快樂活下去。即使是一隻醜小鴉，你永遠是我的妹妹。」

來不及了，禿蛋想，她餓得快要虛脫了，似乎正飛向一個充滿陽光的天空，她的翅膀撲撲作響。

當她醒來時，她發現自己躺在老樹根旁邊的泥地上，灰

林鶲醫師正在幫她打針急救，她恍惚聽到媽媽說，「她真的是我們家的禿蛋嗎？」

姊姊也說，「看起來不像啊！」

哥哥更是說，「媽，走了啦！禿蛋一定已經死掉了，這只是一隻沒有家的流浪鶲。」

就在這時候，爸爸突然說話了，「她是我們家禿蛋沒有錯，她的腳上留有上次摔出窩的傷痕。真沒有想到，失傳已久的羽毛，竟然在她身上出現。」

灰林鶲醫師扶起她來，禿蛋順著大家驚詫的眼光，望向自己的羽毛，不曉得什麼時候，她全身的羽毛竟然發出閃亮的金色。相傳他們的祖先是金帶鶲，因為棲地、環境及食物的改變，金色消失了，取而代之的是棕色的羽毛。

媽媽緊緊把她抱在懷裡，「禿蛋，我還以為要失去你了。」

「唉呀！你應該叫她小金了，怎麼還叫禿蛋？」爸爸糾正媽媽。

　　禿蛋依偎在媽媽身邊，輕輕說，「我還是喜歡你們叫我
禿蛋。」

紅帶鴞 悄悄話

　　像我這樣全身紅棕色羽毛的貓頭鷹實在太稀有了，所以，到哪裡，我們都受到明星等級的招待。我的祖先來自哥倫比亞、祕魯等的雲霧林，所以，為我添加了無限的神祕色彩。至於這個世界上到底有沒有金帶鴞，那是另一則傳說了。

貓頭鷹說故事

誰是接班人

「獵鷹計畫」為的是尋找最有警戒守衛救援能力的貓頭鷹，獵鷹海報剛貼出來，消息就傳遍夢森林，吸引各家好手報名。誰能通過「過五關選獵鷹」，誰就是接班人。

角鴞的夢

角鴞的夢
誰是接班人

因為人類不斷想要開發土地，興建高樓大廈，於是，緊鄰的夢森林直接受到波及，經常有陌生人闖入，破壞森林的生態，影響貓頭鷹家族們的生活。

當貓頭鷹的長老們召開大會時，大家紛紛提出各種意見，最後做出的結論是，加強警戒，訓練新秀，希望警戒大隊的隊長角鴞大光，能夠盡快提出計畫。

當大光回到家裡，他的妻子聽說這個消息，有點擔心，「他們是不是要逼你退休了？」

「他們沒有這麼說，是我自己覺得最近有些力不從心，每次出任務回來，都覺得好累，畢竟歲月不饒人。這樣也好，我可以交棒了。我看，等我訂好計畫，叫老大麻糬、老三小辣椒去報名吧！」

大光妻子不以為然，「麻糬那麼虛弱，小辣椒又是女生，不適合吧！」

「怎麼會不適合？你希望自己的孩子永遠賴著媽媽長不大嗎？還有，現在是什麼時代了，你怎麼可以重男輕女，我還覺得小辣椒是很適合的接班人。」

大光不管妻子的抱怨，他按照時間交出計畫書，也就是在夢森林舉行「獵鷹計畫」，尋找最有警戒守衛救援能力的貓頭鷹。

報名的人，必須先通過「過五關選獵鷹」的考驗，才能加入警戒大隊接受嚴苛的訓練。

原先長老們覺得這一項吃力不討好的工作，可能很難吸引貓頭鷹報名。沒想到，「獵鷹計畫」的海報貼出來，消息就傳遍夢森林，截止日期時，已經有將近五十位填妥報名表。其中包括大光家的麻糬和小辣椒。

初步審核時，先過濾了深度近視、年紀太老或太小、染有傳染性疾病的貓頭鷹，共挑選二十名選手參加「過五關選獵鷹」的比賽。

因為這是夢森林的盛事，所以，比賽這一天，來了許

多觀戰的人，尤其是推派家中代表參加的鴞爸鴞媽鴞姊鴞弟們，更是組成了熱火啦啦隊，讓夢森林的夜晚顯得十分熱鬧。

臨出門時，大光媽媽跟麻糬說，「你如果覺得吃不消，就不要勉強，寧願棄權也不要傷到自己，媽媽會捨不得的。」

麻糬卻說，「媽媽，你不要操心，這是我難得的機會，我不想真的做一隻麻糬鴞。」

小辣椒安慰媽媽說，「你放心，我會罩哥哥的。」

「誰要你罩，誰要你罩，我是你哥哥耶。我一定可以成為爸爸的接班人。」麻糬很快的飛向比賽場地。

第一關是「視力測驗」。每一位選手必須說出十公尺外的樟樹樹幹上，各種昆蟲總共有多少隻？只要數目接近，就可以過關。

這一關算是基本測驗題，因為貓頭鷹的視網膜非常大，加上他們擁有左右轉動270度的頸椎，所以可以把周遭環境看

得很清楚。

當大家都猜出接近的昆蟲數目時，未料，眼鏡鴞卻跟大家的落差極大，他的父親氣得在一旁直罵，「我們家的臉都給你丟光了，這麼簡單的題目都不會。」

「對不起，」眼鏡鴞流下後悔的眼淚，「我這幾天太晚睡覺了，影響了我的視力。」

第二關是「聽力測驗」，測驗選手們可否聽出敵人的位置，以及獵物的所在。

這也是貓頭鷹們必須具備的基本功，因為他們的耳孔很大，耳蓋又可以前後移動，面盤上的羽毛也可以幫助音源集中，所以聽覺十分敏銳。

這一關大家都順利找出虛擬的敵人位置，甚至捕捉到隱藏在林中的獵物。只是，黑白鴞捕捉野鼠時，不小心傷到腳爪，他忍著痛說，「大光叔叔，沒有關係，我可以繼續比賽下去。」

可是，因為受傷嚴重，為免導致殘廢，黑白鴞最後還是

退賽，回家療傷。

第三關「耐力測驗」比較困難了，參賽的每一隻鴞必須背起另一隻體重差不多的鴞，飛到夢河邊，然後再飛回起點。

麻糬的運氣不錯，抽到跟自己類似的灰林鴞，很快的完成任務。體型高大的雪鴞，運氣就差多了，當他載著鬼鴞飛翔時，鬼鴞放了一個屁，雪鴞忍不住用翅膀遮住鼻子，身體失去平衡，直直摔落在地。

他跟大光抱怨，想要爭取機會重來一遍。可是，大光說，「在森林中，隨時會發生各種狀況，你如果無法專心，就會帶給自己甚至別人危險，很抱歉，你必須出局了。」

雕鴞則更慘，身強體壯的他，在這一關贏得冠軍是輕而易舉的事，誰知道，他飛回夢森林的途中，因為看到一群辣妹在枝頭為他鼓掌，他得意的做出帥氣的動作，翅膀撞到樹幹，把背上的黃魚鴞摔了出去。

他垂頭喪氣的再度背起黃魚鴞，飛回起點，大光已經宣

布他遭到淘汰的命運。

　　第四關是「抓力及速度測驗」。就是要把獵物送到指定地點，最後計算所有獵物的重量，定出勝負。

　　這是因為貓頭鷹的腳爪緊握獵物的強度力量，是所有猛禽類中的佼佼者，若是腳爪無力，很可能會敗下陣來。

　　大家最擔心的是身長不到十五公分的姬鴞，紛紛勸他，「小不點，你已經很棒了，過了三關，這一關太辛苦，你的腳爪會受傷的。」

　　姬鴞卻挺起胸膛，「還沒有比賽，怎麼知道結果，我會全力以赴的。」

　　果然，姬鴞有自己的一套想法，他的爪力比不過其他的貓頭鷹，他就用積少成多的方式，分很多次運送獵物。

　　反倒是姬鴞身體兩倍長的林鴞，因為太貪心，抓起碩大的野兔，影響了飛行速度，只運送一趟獵物，就喘得快要斷氣，末了，輸給全世界體型最小的姬鴞，慘遭淘汰。

　　第五關則是「隱形測驗」，也就是測試大家的捉迷藏功

夫。單憑這一點，就粉碎了耳語傳言，說大光訂定的比賽項目，明顯偏袒他們家。因為，從小跟麻糬一起長大的鴞都知道，麻糬是最不會躲貓貓的，每次都被逮個正著。

所以，一開始比賽，小辣椒急急的跟麻糬說，「哥，我知道一個地方，你躲在那裡，沒有人會找得到。」

「我才不要靠你，我要自己躲。」麻糬根本不領情。

小辣椒只好自己躲到一個樹葉遮蔽、十分隱密的樹縫裡，屏住呼吸，雖然她平常就是捉迷藏女王，還是不敢掉以輕心。

果不出所料，麻糬很快就被找到藏身處，失去了資格。而小辣椒在這一項比賽之中，勇獲冠軍，因為直到比賽結束，她都不曾被找到。

最後，角鴞大光宣布，「經過激烈的競賽，我們共選出十位選手，將進行魔鬼訓練，先恭喜你們。如果想要退出的鴞，現在還可以放棄，把機會讓給其他候補的鴞。」

「我們都希望成為獵鷹，保衛夢森林。」他們異口同聲

的說，在大家的簇擁下，興奮的分享比賽心情。

　　大光媽媽開心的說，「麻糬，還是跟媽媽回家吧！讓你妹妹去參加警戒大隊好了。」

　　麻糬卻搖搖頭，「我要繼續鍛鍊自己，有一天，我也可以成為接班人。」

　　小辣椒在一旁默默的飛著，雖然她有些生氣媽媽的重男輕女，連一聲恭喜都不願意給她。但是，她心裡明白，這一切只是開始，必須要經過更嚴苛的考驗，才能成為真正的接班人。

角鴞 悄悄話

　　角鴞是全世界貓頭鷹之中種類最多的，如果有人提到角鴞，大都是指經常出現在東亞、南亞一帶的東方角鴞。我們的體型嬌小，但是羽毛顏色變化很大，不同區域有不同體色，很炫吧。冬天的時候，如果你眼睛尖一點，可以在金門地區候鳥過境時發現我們的身影。

貓頭鷹
說故事

玩火自焚

對笑鴞秀秀來說，天下無難事，什麼事情都可以輕鬆過關，所以，大家形容她，「少了笑鴞，夢森林將是一片死寂。」當她青梅竹馬的恐鴞要結婚了，她還笑得出來嗎？

笑鴞的夢

笑鴞的夢

玩火自焚

　　夢森林的貓頭鷹家族們，來自世界各地，所以都有不同的習性，能夠和樂相處，更不是一件簡單的事。

　　但是，他們都知道一件事，當全球各地的棲地逐漸減少，他們的天敵逐漸增加之際，更是不能挑剔居家環境。

　　夢森林是貓頭鷹家族的最後一塊淨土，他們必須好好珍惜。預防各樣傳染病、阻止人類偷襲、嚴防水災旱災，因而許多年長的鴞都要繃緊神經、提心弔膽的過日子。

　　唯有笑鴞秀秀與眾不同，對她來說，天下無難事，什麼事情都可以輕鬆過關，不管發生什麼意外，通常她都是大笑幾聲，接著說：「沒關係，沒關係。」反正天垮下來，總有辦法解決的。

　　所以，大家這麼形容她，「少了笑鴞，夢森林將是一片死寂。」由此可見，秀秀實在太愛笑了。

　　爸爸勸她多為自己操心，「看看你，都快要兩歲了，也

不為自己的終身大事準備準備。」

「我能怎麼準備呢？整座夢森林只有我們一家笑鶚，除非我離家去祖先生活過的紐西蘭森林，或許可能遇到另一隻笑鶚。我還是專心當別人的紅娘或是幫別人築巢吧！」

因為笑鶚住在岩洞的縫裡，只需要一些枯枝、乾草，就可以享有舒服的窩巢，不需要花費太多心思，多餘時間，她到處幫助即將成家的鶚兄鶚姊築巢。

這回她要幫忙的對象是跟她一起長大的恐鶚豆豆，因為他們長相相似，叫聲也差不多，常常被認錯。雖然秀秀自幼對他印象就不錯，但是，都會努力保持朋友的關係。

豆豆要結婚了，特別拜託秀秀陪他一起找材料築巢，「我已經找到一個樹洞，我也打掃乾淨了，可是還需要一些樹枝，你陪我去找好不好？」

如果換成別的鶚，一定搖頭拒絕了，自己喜歡的鶚，要跟別的鶚結婚，是多麼傷心的事。可是，秀秀不會這麼心胸狹窄，她立刻一口答應，「就算是我為你做的最後一件

事。」

豆豆聽出她心裡的難過，垮著臉說，「其實我本來也不想結婚的，這樣我們就可以永遠做好朋友。可是，我爸爸說，夢森林只有兩家恐鴞，我如果不結婚，等我將來死了，恐鴞就會消失了，好沉重的責任。」

「沒關係，沒關係，你不要又一副害怕的表情，我真的沒關係。去飛吧！我知道哪兒有適合的築巢材料。」

就這樣，他倆一邊飛一邊聊著兒時的趣事，很快的就到了夢森林的邊緣，也是笑鴞所說的地方，原來是人類為了露營、烤肉，撿拾了很多枯枝，沒有用完，留在當地。

豆豆擔心秀秀的力氣比較小，對她說，「我負責比較粗的樹枝，你拿細小的枯草就好了，大概幾趟就可以運完了。」

「好的，好的。」秀秀開心的抓起她看中的材料，隨著豆豆又飛回樹洞，剛在樹洞邊緣落腳，恐鴞咚咚竄了出來，氣呼呼的說，「豆豆，你去哪裡了？我為什麼找不到你。」

「我在布置我們的窩巢，你沒有看到我累得滿頭大汗。」豆豆喘著氣說。

「你可以找我一起幫忙啊！為什麼要找秀秀，我不喜歡你跟她在一起。」咚咚直截了當說出心裡的感受。

「你這樣喜歡吃醋，我很不高興，秀秀是我的好朋友，你還沒有出生，我就跟她一起學飛了。」豆豆生氣起來，臉上特有的恐懼表情更加明顯。

秀秀忙說，「沒關係，沒關係，那我回家好了，你們一起去找材料，不要為了我吵架。」

豆豆卻說，「如果連朋友都不能擁有，我寧願不結婚。」

咚咚知道豆豆說話算話，不想破壞自己結婚的氣氛，只好低著頭走開了。

秀秀跟著豆豆來回又飛了兩趟，才算把整個窩巢布置得十分舒適。臨分手時，秀秀說，「想像著你的小寶寶，將會一個個在這裡出世，我就替你高興。不要忘了你我的約定，

你的第一個女兒要取名叫作秀秀啊！」

「好的，謝謝你，秀秀，你是我永遠的朋友。」他們依依不捨的告別，恐鴞豆豆則在樹洞附近的枝頭，縮著身體，很快的睡著了。

睡著沒有多久，豆豆突然被巨大的聲響嚇醒，只聽到角鴞大光狂喊著，「起火了，起火了，大家快起來救火啊！」

可是，豆豆實在太累了，正想閉上眼繼續睡覺，燒焦的味道卻陣陣傳來，這才發現他昨晚在樹洞裡新築的窩巢，不斷冒出煙來。

「怎麼回事？怎麼回事？」他一頭霧水。

這時只見秀秀也飛來了，「沒關係，沒關係，趕快救火吧！」

咚咚卻站在遠處的枝頭大聲控訴，「我知道是誰放的火，一定是秀秀，她嫉妒我要跟豆豆結婚，故意拿人類燒過的營火樹枝放進我的新家，想害我不能結婚。」

角鴞大光卻說，「大家先救火再說。火勢繼續延燒下

去，許多大樹許多鴞的家，都要遭殃了。來，獵鷹大隊的隊員們，這是你們施展身手的機會，大家一起按照我的計畫，展開救火行動。」

幸好發現得早，加上獵鷹大隊投入救火，火勢很快撲滅，造成的災害不大。正當大家收拾善後時，咚咚跟她的爸媽一字排開站在樹枝頭，「我們要請懲戒委員會評評道理，像秀秀這樣的行為，不可以姑息她，否則我家女兒的幸福就會受到威脅。」

豆豆卻阻止他們繼續說下去，「你們不可以這樣，秀秀好心幫我的忙，你們不可以說她的壞話。」

秀秀偏著頭想了想，難道是自己的疏忽，不小心攜帶了餘燼猶存的枝條回到豆豆窩裡，才會突然燒了起來？她不想讓豆豆為難，挺身而出說，「對不起，是我不好，拿錯了樹枝。你們可以把我關到太陽屋或黑森林去。」

「不可以，你們不可以這樣做，秀秀是我家唯一的孩子。」笑鴞爸爸衝了出來，「你們大家都是看著秀秀長

大的，她只會帶給大家歡笑，不可能做這樣危害夢森林的事。」

「她想要橫刀奪愛，怎麼不可能？就是她，就是她，把她抓起來。」咚咚扇著翅膀說。

豆豆急得掉下眼淚，卻無計可施。

就在這時，斑頭鵂鶹小斑斑從樹叢中鑽出來，「什麼事？什麼事？你們在說火災的事嗎？我昨天看到咚咚偷偷摸摸的把東西放進樹洞裡。」

「你不要亂說，那是我自己的新房，我為什麼不可以進去？」

栗鴞高高從樹叢另一邊鑽出來，「可是，我卻聽到你站在樹洞口說，這個討厭的秀秀，我一定要把你趕到很遠的地方去。」

角鴞小辣椒出其不意的打開秀秀的翅膀，「爸爸，你看，秀秀的翅膀上沾了很多黑灰，表示是她拿過燒黑的樹枝。」

咚咚還想爭辯，豆豆已經走到她的面前問她，「真的是這樣嗎？你為什麼要這樣做呢？你太讓我傷心了。我們還是不要結婚吧！像你這樣的人，我沒有辦法跟你過一輩子。」

　　豆豆掉頭而去，大家七嘴八舌的指責咚咚，拿夢森林的安危開玩笑。只有秀秀，卻不計前嫌的走到咚咚面前，「沒關係，沒關係，豆豆只是說氣話，我會去勸勸他的。」

　　「誰要你多管閒事，都是你害的，你走開啦！」咚咚用力推秀秀，秀秀拚命揮動翅膀，才算抓到落腳處。

　　角鴞大光這時大喊，「好了，大家不要再看熱鬧了，趕快動手整理家園，希望大家以後都要以愛心彼此相待，不要因為自私，毀了夢森林，咚咚已經得到教訓，所以這次的事情就算了。燒掉的樹木很快會長出新的芽，希望咚咚的心也能夠徹底更新。」

　　咚咚哭喪著臉，被爸爸媽媽帶回家，大鴞小鴞各自散去。秀秀卻發現豆豆的臉藏在樹叢深處，望著這一切，她假裝沒有看見他，只是聳聳肩，笑了幾聲，「沒關係，沒關

係，舊事已過，明天又是新的一天。哈哈哈！」

　　歡樂的笑聲再度充滿整座夢森林，大家相信，即使偶爾有風暴，很快的就會雨過天晴。

笑鴞 悄悄話

　　十九世紀時，紐西蘭一帶，還常常看到我的家族。可是，不曉得是大家討厭我們樂觀過了頭，整天笑不停，還是家族裡的不婚鴞越來越多，所以已經很難看到我們。

國家圖書館出版品預行編目資料

貓頭鷹說故事／溫小平著；蔡錦文圖
. -- 初版. -- 臺北市： 幼獅, 2009.10
　　面；　公分. -- （智慧文庫）

　　ISBN 978-957-574-741-1 （平裝）

859.6　　　　　　　　　　　98015000

・智慧文庫・

貓頭鷹說故事

作　　　者＝溫小平
繪　　　者＝蔡錦文
出 版 者＝幼獅文化事業股份有限公司
發 行 人＝李鍾桂
總 經 理＝王華金
總 編 輯＝劉淑華
副總編輯＝林碧琪
主　　　編＝林泊瑜
美術編輯＝李祥銘
總 公 司＝10045臺北市重慶南路1段66-1號3樓
電　　　話＝(02)2311-2836
傳　　　真＝(02)2311-5368
郵政劃撥＝00033368

門市

・松江展示中心：10422臺北市松江路219號
　電話：(02)2502-5858轉734　傳真：(02)2503-6601

印　　　刷＝崇寶彩藝印刷股份有限公司
定　　　價＝220元
港　　　幣＝73元
初　　　版＝2009.10
二　　　刷＝2016.01
書　　　號＝AZ00421

幼獅樂讀網
http://www.youth.com.tw
e-mail:customer@youth.com.tw
幼獅購物網
http://shopping.youth.com.tw

幼獅文化公司 ／讀者服務卡／

感謝您購買幼獅公司出版的好書！

為提升服務品質與出版更優質的圖書，敬請撥冗填寫後（免貼郵票）擲寄本公司，或傳真（傳真電話02-23115368），我們將參考您的意見、分享您的觀點，出版更多的好書。並不定期提供您相關書訊、活動、特惠專案等。謝謝！

基本資料

姓名：..先生／小姐

婚姻狀況：□已婚 □未婚　職業：□學生 □公教 □上班族 □家管 □其他

出生：民國................年................月................日

電話：（公）................（宅）................（手機）................

e-mail：................

聯絡地址：................

1.您所購買的書名：　**貓頭鷹說故事**

2.您通常以何種方式購書?：□1.書店買書 □2.網路購書 □3.傳真訂購 □4.郵局劃撥
　（可複選）　□5.幼獅門市 □6.團體訂購 □7.其他

3.您是否曾買過幼獅其他出版品：□是，□1.圖書 □2.幼獅文藝 □3.幼獅少年
　　　　　　　　　　　　　　　□否

4.您從何處得知本書訊息：□1.師長介紹 □2.朋友介紹 □3.幼獅少年雜誌
　（可複選）　□4.幼獅文藝雜誌 □5.報章雜誌書評介紹................報
　　　　　□6.DM傳單、海報 □7.書店 □8.廣播(　　　　)
　　　　　□9.電子報、edm □10.其他................

5.您喜歡本書的原因：□1.作者 □2.書名 □3.內容 □4.封面設計 □5.其他

6.您不喜歡本書的原因：□1.作者 □2.書名 □3.內容 □4.封面設計 □5.其他

7.您希望得知的出版訊息：□1.青少年讀物 □2.兒童讀物 □3.親子叢書
　　　　　　　　　　　　□4.教師充電系列 □5.其他

8.您覺得本書的價格：□1.偏高 □2.合理 □3.偏低

9.讀完本書後您覺得：□1.很有收穫 □2.有收穫 □3.收穫不多 □4.沒收穫

10.敬請推薦親友，共同加入我們的閱讀計畫，我們將適時寄送相關書訊，以豐富書香與心靈的空間：
(1)姓名................e-mail................電話................
(2)姓名................e-mail................電話................
(3)姓名................e-mail................電話................

11.您對本書或本公司的建議：

廣　告　回　信
臺北郵局登記證
臺北廣字第942號

請直接投郵　免貼郵票

10045　臺北市重慶南路一段66-1號3樓

幼獅文化事業股份有限公司

請沿虛線對折寄回

客服專線：02-23112836分機208　傳真：02-23115368

e-mail：customer@youth.com.tw

幼獅樂讀網http：//www.youth.com.tw

幼獅購物網http://shopping.youth.com.tw